ラルーナ文庫

楽園のつがい

雨宮 四季

三交社

CONTENTS

Illustration

逆月酒乱

楽園のつがい

本作品はフィクションです。
実際の人物・団体・事件などにはいっさい関係ありません。

人類社会の頂点にして、一部の有力者しか出入りが許されないアッパータウン。この世界を支配する血筋《ブラッドタイプ》の名を取って、インペリアルタウンとも呼ばれる街の中心は、空を突き刺すようにそびえる超高層ビルだ。昼も美しい建物だが、夜ともなれば全体が金色の光を発するそれは、巨大な光の槍《やり》にも似た偉容をもって世界を睥睨《へいげい》している。

「スターゲイザー」。天文学者、星見、転じて夢見人などを意味する名をつけられたビルの下層部には、商業施設も入っている。アッパータウンの住人であれば誰《だれ》でも利用可能だが、上層階は強力なセキュリティに守られており、おいそれと近づけない。足を踏み入れる栄誉に浴せるのは、タイプ・インペリアル――生まれついての支配階級の中からさらに選び抜かれた黄金の一族、ゴールデン・ルールの許可を得られた者のみだ。

「……僕もある意味、最初からゴールデン・ルールの許可を得てここに入ったんだよな」

入ったというか、連れ込まれたというか。スターゲイザーの最上層部にある豪華な広間の片隅にて、ワスレナはポツリとつぶやいた。

典型的なタイプ・コンセプションである、紅茶色の髪をした細身の美青年だ。この階層で行われる集まりに相応しく装っているため、一層人目を惹《ひ》く。

優美だがどこか翳《かげ》りのある美貌《びぼう》に、人いきれによる疲労が皮肉な華を添えているので、余計にそう見えることに本人は気づいていない。普段は気が回るほうなのだが、今はそんな余裕がないのだ。

寄りかかった強化ガラスの向こうには、ネオンさえ整然としたデザイナーズ・シティ。インペリアルの中でもさらに有能な者たちの知恵とセンスの結晶。生まれはミドルタウン、その後ダウンタウンに捨てられて長い年月を過ごしてきた目に、半年余りの時間を経てようやく馴染《なじ》み始めた景色。

しかし、ガラスの内側に反射する紳士淑女の群れに慣れるには、もう少し時間が必要だ。非合法な地下組織・サンスポットに拾われて生き延び、命のやり取りも何度か経験してきた。このようなパーティへの出席も初めてではないが、スケールも客層も何もかも違いすぎて、落ち着かない。

参加人数は百人前後で、ゴールデン・ルール主催のパーティとしては規模が大きいものではないということだが、ワスレナにとっては十分だ。おまけに、と物憂く瞳《ひとみ》を伏せたワスレナに近づく煌《きら》びやかな人影があった。

「失礼、ワスレナさん。よろしければ、ご挨拶《あいさつ》をしても？」

「え？　あ、ああ……、ええ」

三十代と思《おぼ》しき身なりの良い男性がそこに立っていた。知らない顔だが、今この場にいられる時点で、インペリアルとしても高位の存在であることは間違いないだろう。ワスレナの片翼《ベターハーフ》のように、コンセプションをこのような場に平気で連れて来るインペリアルは例外中の例外なのだから。

「申し訳ありません、星を見ていらっしゃったのに」

遠慮がちな表情は、インペリアルがコンセプションに向けるには相応しくない。ワスレナがダウンタウンで過ごしていた頃、いやいやミドルタウンで家の奥に閉じ込められていた時に出会っても、彼がこのように殊勝な態度を取ることはなかっただろう。無視がせいぜいだったはずだ。

「あ……、いえ、大丈夫です」

そんなロマンチックな状況ではない、と訂正するのもためらわれ、ワスレナが話を合わせると、相手は顔を綻《ほころ》ばせた。その目にインペリアルにありがちな肉欲は感じられないが、好奇心はありありと窺《うかが》える。

「ここから星を見るというのも、また格別ですね。もっとも、私などにとっては、あなたという花を愛《め》でる機会を得られたことが僥倖《ぎょうこう》ですが……」

意味ありげな視線が目元に送られる。ワスレナ、という名前が、勿忘草《わすれなぐさ》に似た青紫をした瞳の色に由来していることも知っているようだ。

ワスレナの存在が有名になり出した時から、この手の雑学は広く流布するようになった。だがおそらくは、誰が名づけたかまでは知るまい。

複雑な思いを噛《か》み殺すワスレナをよそに、美辞麗句は続く。

「あのシメオン・ルミナリエが、ついにパートナーを決められたと聞いて驚きました。しかも、片翼《ベターハーフ》とは……半身誓約すら、結ばれたことがないと噂《うわさ》でしたのに」

「……そうみたいですね」

最初は、一方的な半身誓約だったんだよな。神と崇《あが》めた男に見放された直後の悲劇を、ワスレナはぼんやりと思い出す。これも、一部の関係者しか知らない情報だ。

当時は自殺を考えるほどつらかった出来事も、今となっては噛まれたうなじの痛みさえ、ほの甘く感じるのだから現金なものである。あの時よりも今のほうが幸せなのは間違いないのだが、ではその幸せに一点の曇りもないかと言われると、答えに詰まってしまうのが現状だった。

ワスレナがそのように苦悩しているなどと知らぬインペリアルの語りは、ますます熱を帯びていく。

「ですが、実際にワスレナ様にお会いして納得がいった。片翼《ベターハーフ》の存在はおとぎ話のように語られることが多いですが、お兄様方の例を見れば、おとぎ話だと思われてしまうのも無理はない。ルミナリエ三兄弟レベルのインペリアルでなければ、あなた方のようにすばらしいコンセプションと、魂のレベルで繋《つな》がることは……」

「失礼」

まだまだ続きそうな言葉を遮ったのは、素っ気ない一言だった。

「……やあ、これはこれは、ドクター・シメオン」

ムッとしてもおかしくない場面だったが、件《くだん》のインペリアルは振り向いた先の相手が話題の人と知り、如才なく笑ってみせる。

シメオン・ルミナリエ。彼が熱心に褒めそやしていた最上級のインペリアルであり、ゴールデン・ルールを代表するルミナリエ三兄弟の三男だ。一族に共通する艶《つや》やかな黒髪に緑眼の美丈夫であり、恵まれた長身を儀礼的な白いコートに包んでいる。長い指先を保護する白い手袋まで含め、汚れやすく着脱に人手がいる衣装は古い貴族たちを彷彿《ほうふつ》とさせた。

長男にしてゴールデン・ルールの総帥であるジョシュアや、ジョシュアが病床に伏していた間に代行を務めていた次男セブランと比べるとやや認知度が下がるが、ジョシュア復活を内々に祝うこのパーティに招待される客なら当然知悉《ちしつ》している。加えて、最近一部上流階級に向けて、片翼《ベターハーフ》――運命的な繋がりを持つコンセプションを得たと発表したばかりだ。

一躍時の人、というわけだが、愛する者を得たとはいえ、元から愛想のいい兄たちとは違う。学者肌で人間に興味がないという性格に大きな変化はなく、このような公の席であってもそれは同じだ。

「申し訳ありません、あなたの片翼《ベターハーフ》を独り占めしてしまって……」

同じ血筋《ブラッドタイプ》であっても、格の違う相手の威圧的なオーラを浴びたインペリアルは恐縮した表情になった。

「構わない」

無表情に言ったシメオンの瞳は、彼ではなくワスレナを見ている。

「ワスレナは私の片翼《ベターハーフ》だ。他人に話しかけられた程度で、揺らぐことはない」

軽く目を見張ったワスレナに軽くうなずいてから、シメオンは後ろを振り向いた。そこにはすっかり元気になった彼の兄、ジョシュア・ルミナリエが輝くような笑顔を振りまきながら、大勢の挨拶を受けている。彼の片翼《ベターハーフ》である女性コンセプション、エリン・ルミナリエもそっとその側《そば》に寄り添っていた。

「ジョシュア総帥への挨拶がまだなら、行かれるといい。そろそろ閉会だ」

「そうですね。どうも、ご親切に。ドクターへのご挨拶は、また後日させていただきます」

体よく追い払われていることは分かっていようが、最後までそつのない態度を貫き、インペリアルは去った。ほーっと息を吐いたワスレナに、シメオンが小声でささやきかけてくる。

「どうした、ワスレナ。気持ちが沈んでいるようだな」

そう言うシメオンも、少しばかりピリピリしていることをワスレナは感じ取っていた。

片翼《ベターハーフ》同士は感情が伝わる。遠慮しても無意味と知っているワスレナは、再び窓の外に視線を投げてから素直に弱音を漏らした。

「……いえ、なんというか……すごい光景だなぁ、と思いまして」

「そうだな」

同じように夜景を見下ろして、シメオンはかすかに頰《ほお》を緩めた。

「何度見ても、ここからの景色はいい」

「……そうですね。あなたは飛行機好きだ。高いところも好きですものね……」

飛行機好きが高じて航空工学を極め、理想の機体「タイムレスウイング」の開発に携わるぐらいだ。あれのロールアウト式典では大変だったな、と懐かしく思い出すワスレナを見つめ、シメオンは真顔で言った。

「今はお前のほうが好きだ」

虚を衝《つ》かれ、ワスレナは固まってしまった。シメオンは先ほどワスレナに話しかけ、今はジョシュアと熱心に話し込んでいるインペリアルを顔だけ振り返ってじろりと睨《にら》む。

「あいつがお前に失礼な振る舞いをしたのなら、出入り禁止にするが」

「いや、そんな、そういうわけじゃないです！」

本当に隠し事ができない。慌てたワスレナであるが、それでもシメオンの対応は、出会った頃に比べれば大人だと思った。あの時の彼であれば、出会い頭に「出て行け」と言いかねなかった。

——いや、違う。さっきのインペリアルの問題ではない。

「……分かっているんです。僕が、ただ、卑屈になっているだけだって」

出て行け、などと言う必要はないのだ。先ほどのインペリアルの発言に差別的な要素はなかったのだから。

声音にも表情にも陰湿さはなかった。シメオンの片翼《ベターハーフ》とお近づきになりたい、という下心はあっただろうが、その程度はしなやかに受け流せねばならない。シメオンの片翼《ベターハーフ》として、今後もやっていこうと思うのならば。

無理やりに半身誓約を結ばされたあの時は、名実共に彼のパートナーとして紹介される未来など想像したこともなかった。遠からず誓約を解除され、死ぬのだとばかり思っていた。「葬式代」と題した口座を作り、破滅までの日数を指折り数えながら暮らしていた。

今は違う。生まれてこの方、こんなふうに周りから丁重に扱われたことはない。だからこそ自分だけではなく、シメオンの立場を悪くしてはいけないという戒めが、不必要なほどに神経をとがらせるのだ。

「余裕を持っていなければいけませんね。僕はあなたの、片翼《ベターハーフ》なんですから」

「そうだ」

強く同意してくれたシメオンの態度こそが揺らがない。あまりのマイペースぶりに腹が立つことも多々あるが、インペリアルばかりの環境にいまだ不慣れなワスレナにとって、彼の変わりのなさに救われることも多かった。

「……それに、この後のほうが本番ですものね」

「そうだな」

うなずくシメオンの声にも少し力が入っている。本日の彼がピリピリしているのは、パーティの後に用意された特別イベントのためだ。

「それにしても、研究対象としては興味のある相手でしょうに、嫌そうですね」

自分にとっては唾棄《だき》すべき裏切り者だが、学業最優先のシメオンは案外喜ぶかもしれないと考えていた。不思議に思って尋ねると、

「……お前がやつにされたことを思うと嬉《うれ》しくない。無関係な連中にあのことを知られたくないので引き受けた」

ぶすっとした口調で吐き捨てるように言われ、シメオンには悪いが心が少し温かくなった。彼のためにも、「やつ」ときちんと向き合わねばと、強く感じた。

「そうですね。僕も、がんばります」

意気込むワスレナであるが、シメオンは不機嫌なままである。

「……そんなにがんばらなくてもいい。助っ人も呼んであることだし、お前はできるだけ直接相手をするな」

「助っ人？」

誰だろう。シメオンが言うように、あまり話を広げたくないこともあり、自分たちにお鉢が回ってきたはずなのだが。そんな疑問を持った時だった。

「シメオン、ワスレナ」

近づいてきたのはセブラン・ルミナリエである。シメオンやジョシュアと同じ、生活感のない白いコート姿できっちりと装っているのに、ややだらしなく見えるのは「人徳だよな！」とのこと。ジョシュア代行を務め始めた当時は兄のコピーのような振る舞いをしていたが、徐々にぴんぴんと跳ねた癖っ毛も含めて本来の奔放さを発揮し始め、代行の座から解放された今はやんちゃな次男坊に戻っている。

もっとも、代行ではなくなったとはいえ、もともとの立場である副総帥に戻っただけなのだ。ちゃんとしろ馬鹿、と片翼《ベターハーフ》であるカイ・アントンには毎日のように怒られているのだが、懲りた様子はない。怒られることを喜んでいるようでさえあるから始末が悪い。

ただし、ただのちゃらちゃらした軽薄な次男坊にはゴールデン・ルールの総帥代行も副総帥も務まらない。挨拶に来る名士たちをお調子者な発言で沸かせていた時と異なり、その表情には緊張が漂っていた。そういう顔をすると、彼とシメオンが実はそっくりであることがよく分かる。

「ぼちぼち兄貴が閉会の挨拶をするが、二人とも準備はいいか？」

「問題ない」

「……はい」

うなずいたシメオンとワスレナの声に、「パパー！」という可愛《かわい》らしい呼び声が重なった。カイが彼とセブランの一人娘、ステファニーを連れてやって来たのだ。前ゴールデン・ルール総帥にして三兄弟の父であるサミュエルと、その妻であるインペリアルの女性、ハリエット……要するにワスレナにとっても義理の父母である二人が一緒にいる。

「セブラン、ダディとマミィのところへ行く前に、ステフがお前に会いたいとよ」

娘に受け継がれたハニーブロンドがまぶしいカイは、一見コンセプションらしからぬ体格のよさと陽気さを持つ好青年だ。家族を愛し愛されてきた彼が愛娘《まなむすめ》に向ける微笑《ほほえ》みには、慈愛があふれている。

「やったー！　俺ももちろん、お前に会いたかったぜ、ラブリーエンジェルステファニーちゃーん!!」

セブランもたちまち相好を崩し、おめかしをしたステファニーを抱え上げて頬ずりした。ステファニーはくすくす笑いながら身をよじり、

「やだもー、パパったら、子供みたいなんだからー!!　えへへ、でもステフも久しぶりにパパにいっぱい会えて、だっこしてもらえて嬉しいのー!!」

きゃあきゃあと楽しげな声を上げるステファニーであるが、「久しぶり」という言葉に

大人たちは少しばかり胸を痛めた。

ステファニーは両親の忙しさ、加えてジョシュアが兇刃《きょうじん》に倒れたという前例もあり、基本的には祖父母に預けられセキュリティに守られている状態だ。食事は可能な限り両親が用意しており、忙しい合間を縫ってスキンシップはしているものの、絶対的に触れ合う時間が少ないのは事実である。

「……よーしよーし。ステフ、もうちょっとの辛抱《しんぼう》だ。ジョシュア兄貴が復帰して、面倒ごともだいぶ片づいた。あともー少し世間が静かになったら、もっとたくさん一緒にいられるからな‼」

「うん！ そしたらステフもパパのお世話をして、ママに楽させてあげるね‼」

「……ちょっとちょっと、それはねーんじゃねーの、ステフちゃーん……？」

無邪気な一言にセブランが情けなさそうに眉《まゆ》を下げ、周囲がどっと笑う。ワスレナもつられて微笑んだが、逆にそれによって、自分の顔が強張《こわば》っていたことに気づいた。ステファニーの境遇に心を痛めていたゆえではない。

「おやおや、みなさん、僕の弟ばかりに注目していらっしゃいますね。不甲斐《ふがい》ない僕は、もうちょっと寝ていたほうがよかったかな？」

おどけたジョシュアの声にさらなる笑いが起こり、全員の注目が再びジョシュアへ集まる。彼が閉会の挨拶を行っているのを聞きながら、ワスレナはぎゅっと拳《こぶし》を握り締めた。

先ほど話しかけてきたインペリアルはもちろん、この場に集うのはみな、優しく気遣いのできる人々なのだ。

ついに現れたシメオンの片翼《ベターハーフ》を見ても、ステファニーとじゃれ合うセブランたちを見ても、ワスレナに「子供はまだか？」とせっついてこないのだから。

「まだお子様がいらっしゃらないエリン様に、遠慮しただけかもしれないけど……ああ、くそッ」

誰にも聞こえないように毒づいたワスレナは、己の狭量さに辟易《へきえき》して整えた髪をかき回した。

ジョシュアは長期にわたって生死の境を彷徨《さまよ》っていたのだ。しかもワスレナが神と仰いでいた男のせいである。子作りのことで引き合いに出すような相手ではないだろうに、どうかしている。

しかもこれから、その神と再会するのだ。さらにぐっと拳を握り締めたワスレナは、お開きとなったパーティ会場を後にし、より上層階へ……ゴールデン・ルールの心臓部に当たるエリアへと移動を始めた。

この世界に生きる人々は、ＡＢＯ式血液型とは別に三つの血筋《ブラッドタイプ》に分かれている。

タイプ・インペリアル、タイプ・ノーマル、そしてタイプ・コンセプション。このうち八割を占めるタイプ・ノーマルはいわゆる普通の人間であり、体質の宿命による恩恵も受けないが、それに振り回されることもない。大半がミドルタウンで一生を終えるが、優秀な者はアッパータウンへ迎え入れられ、「支配の血筋」と言われるインペリアルの補佐を務めることがある。

「黄金の血筋」ゴールデン・ルールに代表されるタイプ・インペリアルの人口に於《お》ける割合は一割。だがその圧倒的なカリスマにより、特に政治分野の占有率は七割を超える。学業や芸術分野にも秀でている者が多く、身体能力も高く、見た目も麗しい。正に世界を導く存在と言えよう。

　残り一割がタイプ・コンセプション。どこか陰があるが美しい姿をしている者が多く、男性であっても体つきが華奢《きゃしゃ》で女性的である。それは見た目だけではなく、「孕《はら》む血筋」と呼ばれる彼等《かれら》は数ヶ月周期で発情し、見境なくフェロモンを振りまいてノーマルやインペリアルをセックスに誘う。発情期のコンセプションは男女どちらも体内に子宮を有し、精子を受け取れば子を授かることが可能だ。

　最悪《ザ・ワースト》、哀れな血筋《ミザリー・ブラッド》、果ては雌犬の血筋《タイプオブザビッチ》などと呼ばれるコンセプションは、長らく無能な淫乱《いんらん》という烙印《らくいん》を押されてきた。彼等とて好きで発情しているわけではないというのに、本能の熱に蕩《とろ》けた肢体を貪《むさぼ》るだけ貪っておいて、事後は「お前が誘ってきた」とすげなく放置されることが多々あった。

その解決策として、半身誓約がある。発情フェロモンを出しているコンセプションの体の一部、大抵はうなじをインペリアルが噛むことによって、本能は互いを半身と認め合う。そもそもコンセプションがフェロモンを垂れ流すのは、つがう相手を求めてのことだ。その相手が誓約によって定まれば、半身たるインペリアル以外を誘う必要がなくなり、発情期は来なくなる。

ただし半身誓約は、インペリアルからは一方的な解除が可能だ。本気であろうが遊びであろうが、誓約を解除されたコンセプションは心身を病《や》み、最悪の場合は死に至る。

「だがお前は、そこのインペリアル様に一度半身誓約を解除されたにもかかわらず、見事に生き延びて今ではゴールデン・ルールの最新片翼《ベターハーフ》というわけだ。出世したものだな、ワスレナ。そろそろお前がヒロイン役のソープ・オペラが乱発されている頃か？」

「……」

スターゲイザーの外窓に使われているのと同じ強度を誇る強化ガラスの向こうで、かつてワスレナの神だった金髪の男が嘲《あざけ》る。ノーマルとは思えない傲慢《ごうまん》な美貌は拘束着を着せられ、実験動物のごとく電子手錠で四肢を拘束されてなお、王の輝きを帯びていた。

スターゲイザー内には幾《いく》つかのラボが設立されている。うち一部はコンセプション研究のために割り当てられており、シメオンも専門分野である航空工学と共に籍を置いている。

ゴールデン・ルールがジョシュアの代でコンセプションへの差別を解消する方針に転換したため、コンセプションのフェロモンが効かない特異体質であるシメオンならと見込まれてのことだ。

最近はコンセプションだけの研究では足りないと、血筋《ブラッドタイプ》全体を対象とする研究へ領域を広げつつあった。そこへ新たなサンプルとして加えられたのが、ワスレナの名づけ親でもあるディンゴだ。タイムレスウイングの墜落事故を企《たくら》んだ彼はそれが露見した時に報復を食らい、長く治療を受けていた。

無事に回復はしたものの、当然ながら無罪放免とはいかない。そもそもディンゴはジョシュアの影武者でありながら、その地位を良しとせず主《あるじ》の暗殺を企て逃走したばかりか、懲りずにダウンタウンで地下組織「サンスポット」を作っていた重罪人なのだ。命があるだけで不思議な状態である。

回復次第、部下のヴェニス共々終身刑で刑務所行き、というのが当初の話だった。だが慎重な協議の結果、彼が革命を起こそうと開発していたインペリアル化手術その他の情報を惜しまれ、モルモットとしてラボの奥に用意された独房で管理されているのだ。

「どうした、だんまりか。それもそうだろうな。だが、私の苦しい胸の内も理解してくれていいのではないか？　ワスレナ。可愛い可愛い私の子猫が、間男とその家族までぞろぞろと引き連れて、見世物のごとき辱めを与えにきたのだ。嫌味の一つも言いたくはなるだろう？」

哀れっぽい台詞《せりふ》とは裏腹に、セブランやカイといった関係者一同を見回す姿は余裕に満ちている。代わりに他の研究者たちは席を外しているのだが、彼等を前にしていても嫌味の方向性は同じだっただろう。インペリアル化手術の踏み台として、繰り返し犯しては中途半端な半身誓約を結んで解除してきたワスレナはもちろん、仇敵《きゅうてき》であるゴールデン・ルールの面々を前にしても、堂々たる態度に変わりはない。

「黙れディンゴ。ワスレナへの侮辱は許さない」

唇を噛んでいるワスレナを庇《かば》うようにシメオンが一歩前に進み出た。冷たい怒りを帯びた美貌に大抵の人間は恐怖すら覚えるのだが、ディンゴは悠々としたものだ。

「久しぶりだな、シメオンぼうや。私が仕込んだ体でお楽しみか？　昔から乗り物が好きだったものな、お前は」

かつてはスターゲイザーの住人であり、ルミナリエ三兄弟ともある程度親しかった過去を持つディンゴにとってはシメオンも「ぼうや」である。

「……てめえ、今度こそぶっ飛ばすぞ」

いつものマイペースさはどこへやら、シメオンが凶悪に顔を歪《ゆが》めた。

今でこそドクターと呼ばれ、カレッジで講義を受け持ってもいるが、若い時分には敷かれたレールに嫌気が差してダウンタウンで過ごしたこともあった。感情が激すると、当時覚えた言葉遣いがしばしば顔を出すのだ。ましてワスレナを得てから顔を合わせるのは初めてで、そのワスレナを引き合いに出してからかわれたとあっては、怒りが先行するのも無理はない。

「や、やめてください、シメオン博士。もう終わったことです。僕の片翼《ベターハーフ》は、あなたなんですから……！」

「そうだぞ、シメオン。ワスレナに美しい名前を与えたのも、処女を奪ったのも確かに私だが、そうムキになるな。男の嫉妬《しっと》は見苦しいぞ」

　分かっているくせに、ディンゴは次から次へと火種を差し出してくる。いちいち挑発に乗るシメオンもシメオンだが、こっちはこっちで自分の立場を理解しているのかとワスレナは呆《あき》れた。

「……ディンゴ様も、いい加減にしてください。今のあなたは虜囚なんです」

「まだ私を様づけで呼んでくれるのか、可愛いやつめ」

　言葉尻《じり》を捉《とら》えたディンゴが流し目を送ってくる。本日の再会は前々から周到に準備されてのことだ。罵《のの》しられることも、このように秋波を送られることも視野に入れていたが、不覚にも胸がざわめいてしまう。

「そ、それは、その、口が慣れてしまっているので……シメオン博士、違います、もうこの人と僕はなんの関係もないんですってば!!」

あたり構わぬ怒りのオーラがシメオンの体から放射される。ワスレナばかりでなく、カイまでかすかな怯《おび》えを示し、セブランが無言で彼を庇う位置に立った。

せっかく仲裁に入ろうとしているのに、ディンゴは火に油を注ぐばかりだ。どうしようか、とディンゴからは見えない位置へ視線を巡らせたワスレナに応じ、背の高い影が檻《おり》の前に踏み出した。

「こらこら。あまり僕の弟たちをいじめないでほしいな、ディンゴ」

「！　……貴様……!!」

視界に入ってきた男が誰か分かった瞬間、余裕綽々《よゆうしゃくしゃく》だったディンゴの顔に衝撃が走った。

「やあ、久しぶり。君が僕を殺しかけて以来だね。元気そうで何よりだ。僕には絶対会いたくないそうだけど、来ちゃってごめんね」

にっこり微笑む元上司、ジョシュアの顔を数秒まじまじと見た後、ディンゴは舌打ちしていつもの不遜《ふそん》さを取り戻した。

「……チッ、そうか。貴様までが来るからこその、一族揃《そろ》い踏みか。ふん、今頃復帰とは、体が鈍っていたんじゃないか？　ジョシュア」

「後半はとにかく、前半については、ま、そーゆーことね。滅多にねー見世物じゃん、こんなの？」

セブランが皮肉っぽく口を挟むと、ジョシュア同様、ディンゴの死角にいた女性がすっとジョシュアの隣に立った。

「口を慎みなさい、ディンゴ。誰の嘆願のおかげで、あなたとヴェニスが助かったと思っているの？　ねえ、カイ」

エリン・ルミナリエ。ジョシュアの片翼《ベターハーフ》であり、つらい環境に置かれたコンセプションたちにとって最初の希望の光となった女性だ。柔らかに光る長い金色の髪を背に、凜《りん》としたまなざしでディンゴを見据える。

「……エリン、お前もか」

彼女まで来ているとは思わなかったようだ。再び言葉を失ったディンゴに、カイが畳みかけた。

「そうですよ。てめえには貸しがあるんだ、ディンゴ。つべこべ言わずに、必要な情報を吐いてもらうぜ」

義姉であるエリンと一緒にディンゴの助命嘆願を行ったカイであるが、義兄の殺害を目《もく》論《ろ》んだディンゴの全てを許したわけではない。虐《しいた》げられたコンセプションとして、世界の理《ことわり》に異を唱える気持ちにある程度の共感を覚えていてもだ。

「雁首《がんくび》揃えて、何が目的かと思ったら……差し詰め、私の可愛い部下たちのがんばりぶりが気に食わない、というところか？」

復帰したばかりのジョシュアだけでなく、エリンまで連れて来たことでディンゴはおおよその事情を察したようだ。そうだよ、とうなずいたジョシュアを軽く手で制し、シメオンが再び口を開いた。

「『天国への階段《ステアウェイ・トゥ・ヘブン》』、という単語に心当たりはあるか」

少し時間を置いたことで頭が冷えたのか、本題に入ったせいか、その口調は常と変わらず冷静である。ディンゴの先制攻撃で脱線しかけたが、この件は今や血筋《ブラッドタイプ》研究の第一人者であるシメオンが主導するよう兄たちに命じられた内容なのだ。

「ないな。安手のドラッグの名前のようだが」

一歩下がって見守っているジョシュアの存在が効いているのか、ディンゴも彼にしてはシンプルな回答を寄越した。シメオンもいちいち突っかからず、さっさと話を進める。

「そのとおりだ。貴様のインペリアル化実験を元にして、短時間だけインペリアルになれるという触れ込みで『天国への階段《ステアウェイ・トゥ・ヘブン》』、通称ＳＴＨというドラッグが広がりつつある」

あらかじめ聞いていた話ではあるが、ワスレナはごくりと喉《のど》を鳴らす。

ホームと言えるアジトへ踏み込まれたことに続き、ディンゴがゴールデン・ルールに捕まったニュースが大々的に流されたことにより、サンスポットは完全に壊滅した。アンチゴールデン・ルールを標榜《ひょうぼう》する最大の組織へと育っていた彼等の瓦解《がかい》により、似たような他の組織まで連鎖的に勢いを失った。影武者の身でジョシュアに弓引いたディンゴの存在感は、それほど大きかったのだ。

だが、個々の構成員全てが死に絶えたわけではない。ジョシュアが総帥に戻ったことで、セブランは再びアンチゴールデン・ルール組織撲滅の実働隊リーダーとして動けるようになった。それまでリーダーを務めていたシメオンと改めて連携し、ここぞとばかりに残党を殲滅《せんめつ》させようとしているが、その手を逃れて逃げ延びている者がいる。大抵は命があるだけの無力な状態であるが、起死回生を狙《ねら》って蠢《うごめ》いている不届き者も確認されていた。

そんな彼等の次なる一手として名が挙がっているのが、ＳＴＨというわけだ。

「今はまだ、ダウンタウンの一部で売買されているのみだ。薬効はないに等しい。ただのカプセルにその名をつけて売っているだけ、という物も多い。しかし、つい先日、後遺症と引き換えにしてだが、実際にインペリアルめいたオーラを出せるようになったとの報告があった」

コンセプションがフェロモンを発するように、インペリアルもオーラを放つことがある。ただし発情フェロモンのように時期が来れば自動的に漂い始めるものではなく、流行を経て定着しつつあるオリエンタルの言葉で言うところの「キ」のように、意図して強者の空気を醸すことによって周囲を威圧するのだ。ディンゴの挑発に乗ったシメオンが出したようなものである。

「なるほど。本来は長時間の手術によって付与せねばならぬインペリアル化促進物質を、経口摂取でも人体に影響を及ぼす濃度で売り捌《さば》いているわけか。後遺症も出るだろうな」

さもありなん、とうなずくディンゴの態度を観察しながら、シメオンは続けた。

「捕らえて以降の貴様の管理は徹底している。何度も調べたが、貴様から情報が流出した経緯は認められない。そもそも貴様は、誰彼構わずインペリアルにしようなどとは思っていないからな」

「当然だ。私レベルのノーマルであれば、天が誤って付与した血筋《ブラッドタイプ》を修正するのが義務と言えよう。その器がない愚物の血筋《ブラッドタイプ》だけを無理やり変えたところで意味がない」

シメオンが指摘したように、ディンゴが開発したインペリアル化手術は基本的にディンゴ自身が対象である。ヴェニスに異様な量の発情フェロモンを垂れ流させたりと、他にも様々な違法改造手術を開発していた形跡が見つかっているが、それらも副次的なものにすぎない。自分がジョシュアに、ゴールデン・ルールに成り代わることが目的なのだ。

「だが、貴様の部下はその高邁《こうまい》な思想を理解せず、金儲《もう》けの道具として妙な薬をバラまいている。インペリアル化手術についての情報を持っている部下は限られているだろう。教えてもらおうか」

ここが話の核だ。切り込んできたシメオンを見つめ、ディンゴは琥珀《こはく》色の瞳を細めた。

「それはできん相談だな。部下たちは世間を混乱させ、貴様らの支配を揺るがせるためにやっているのかもしれん」

誰彼構わずインペリアル化の恩恵を与えるのは本意ではないが、それがゴールデン・ルールへのダメージとなるなら話は別だ。はぐらかすディンゴをシメオンは強く睨みつけた。

「必要な情報を寄越さないのなら、貴様の処遇もそれなりのものになるぞ」

「脅す気か？　私はお前の愛する飛行機を落としてやった時に殺されることも覚悟していた。今さらの話だ」

生き延びたのは、別にディンゴの希望ではない。シメオンはうそぶく彼の隣、分厚い防護壁で隔てられた独房に入れられているヴェニスを一瞥《いちべつ》した。

浅黒い肌と陰鬱《いんうつ》な銀髪が特徴的なコンセプションは、壁際に座ったまま置物のように身動きしない。大怪我《おおけが》から目覚めて後、側にディンゴがいないと知った彼は狂ったように暴れたが、「手間をかけさせるとディンゴを害する」と脅されて以降はずっとあの調子だ。

「お前が妙な真似《まね》をすれば、お前が庇ってやったヴェニスもただではすまんぞ」

「別に構わんが。アレが生き延びたのもまた、私の意思ではない」

ヴェニス本人の意思には触れず、ディンゴは堂々と言い切る。ロールアウト式典での事件の際、射殺されかけていたヴェニスをディンゴが庇ったのは事実だ。しかし、その先の生殺与奪権を握っているのはそっちだろう、と言いたげである。シメオンの放つ空気が氷点下まで下がった。

このまま話を進めるのは誰にとってもよくない、と判断したワスレナは意をいけない。

決して二人の会話に割り込んだ。

「手術の内容を知っているのは、ダードリー兄弟ですか、ディンゴ様」

「……ワスレナ、貴様」

　虚を衝かれたディンゴが短くつぶやく。それはワスレナの指摘が的を射ていることの表れだった。

「僕もあなたの部下でしたから。組織の重要事項を教えてもらえるような立場ではありませんでしたが、長く生活を共にしていれば、おおよその見当はつきます。あなたの手術の執刀医は、彼等だったんでしょう？　……本当は、あなたの口からお聞きしたかったのですが」

　そうしてもらえれば、ディンゴも、そしてヴェニスの境遇も多少は改善されただろうに。語尾を濁すワスレナに、セブランが食いついてきた。

「へー、あいつらか。兄貴のほうはすでに収監してたな。そいじゃ兄貴に聞けば、弟のほうの居場所も分かる？」

　ＳＴＨの薬効解析などについてはシメオンの管轄だが、生産者や売人を締め上げるのはセブランの仕事だ。目を輝かせる彼に、情報を提供しておいてなんだが、ワスレナは難しい顔をした。

「どうでしょうね……兄弟とはいえ、あまり仲がよくはなかったので。むしろ、処罰を軽くすることを見返りにして、弟捜しに協力させたほうが効率がいいかもしれません」

「そうだな。二人で一緒にやりたがったのは、私の手術とお前を抱く時だけだった。キョーダイドン、いやサオキョーダイだったか？　せっかく二人も兄弟のいる男の片翼《ベターハーフ》になったのだから、同じプレイで楽しませてやればどうだ」

記憶に上らせまいとしていた景色をディンゴの声が掘り起こす。ぐっと拳を握るワスレナの横で、シメオンも同じことをしていた。そんな二人を見やり、ディンゴは冷ややかに質問を投げかける。

「残念だ、ワスレナ。お前は本当に、ゴールデン・ルールの人間に成り下がってしまったようだな。自分さえよければ、虐げられているコンセプションたちなど、どうなってもいいのか？」

「……僕は……！」

堪《たま》りかねて反論しようとしたワスレナをシメオンが背に庇った。白い壁のように立ち塞《ふさ》がる彼の体と熱いインペリアルオーラに阻まれて、ディンゴの気配が意識から消える。

「貴様も知ってのとおり、現在のゴールデン・ルールはコンセプション差別の解消を目指している。従ってゴールデン・ルールに協力し、コンセプションとして能力を発揮することは他のコンセプションにとっても利益になる」

ジョシュアが周囲の反対を押し切って決めた方針だ。彼の最愛、エリンのためだと揶揄《やゆ》されても「そうです」と平然と答えてきた。ディンゴのためでは、なく。仮にインペリアルになっても、ジョシュアの片翼《ベターハーフ》にはなれない彼のためではなく。

「貴様一人が王となるために、俺の片翼《ベターハーフ》を傷つけてきた野郎が知ったような口を利くんじゃねえ」

　荒い語調でシメオンが結ぶと同時に、ラボの中はしんと静まり返った。シメオン以外の誰もが次の言葉を探す気まずい空気が流れること十秒、ディンゴの唇が動く。

「ハルバート」

「え？」

「ハルバートを忘れたか、ワスレナ」

「え、いえ、覚えていますが……」

　ダードリー兄弟はディンゴの側近としてアンチゴールデン・ルール活動の作戦を立てることが多かったが、ハルバートは彼等の命令を受けて動くヒットマンだ。ただし腕に覚えのある彼は、現場のことは現場に任せろという考えの持ち主で、しばしば命令を無視して行動するため煙たがられることも多かった。

「ダードリー兄弟よりも、ハルバートを追ったほうがいいかもしれんぞ。あいつは研究に関しては素人だが、やたらに顔が広い上、私を追い落とそうと目論んでいる向きがあった。手に入れた情報を自分が扱えないからと、流した可能性もある」

すらすらと言われ、しばし呆然《ぼうぜん》としていたワスレナはやっとのことで彼を呼ぶ。

「……ディンゴ様。ありがとうございます」

「気が削《そ》がれたわ、下らん。ダードリー兄弟はまだしも、ハルバートのやつがおかしな薬をバラまいているとすれば、私にとっても不利益になる恐れが高いしな。さっきも言ったが、金さえ払えば誰でもインペリアルになれるような世界を私は目指していない」

帝王然とした物言いは、およそゴールデン・ルールの根城に監禁されているとは思えない。その上で彼はぬけぬけと要求した。

「さあ、有益な情報を与えてやったのだ。手足の拘束ぐらい解いてくれるな？」

「ああ、夕飯はステーキにしてやるよ」

セブランが茶化し、シメオンとジョシュアにウインクを飛ばした。

「やったな、これで足がかりができた。お前とワスレナちゃんのおかげだぜ、シメオン」

褒められても、当のシメオンはムスッとしている。

「よくない。ワスレナが傷ついたし、兄貴たちにも無礼な発言があった」

「うん、まあ、そうなんだけど……そういうところは片翼《ベターハーフ》を得ても変わっていないね、シメオン……」

融通の利かない性格の弟にセブランとジョシュアは苦笑いするが、場の空気は和やかなものになりつつあった。そこへ、場違いに元気な声が割り込んできた。

「こんばんはー！」

ムードを読まない脳天気な声はセブランに近い。その姿形もセブラン、というよりルミナリエ三兄弟全員によく似ていた。

長めの黒髪をうなじで縛った緑の瞳の若者は、引き締まった長身を薄いブルーに着色された白衣に包んでいる。これは全身真っ白の衣装を着ているゴールデン・ルール一族と区別するため、スターゲイザー内にあるラボで働く研究員たち共通の制服だ。ディンゴらの独房前まで来たところで、彼は結んだ黒髪の先を振りながら周囲を眺め回して困惑した表情になった。

「ア、アレ？　あ、すんません、やっぱちょっと来るのが早かったかな」

「いや、時間どおりではあるぜ。こっちが押してたんだ。悪いな、フレドリック」

苦笑したカイの答えでほっとしたようだ。フレドリックと呼ばれた青年は、独房の中のディンゴを見つめて笑顔になった。

「おー、ディンゴ、元気そうじゃん。やっぱ俺の腕がいいからなー！　どうですか、こいつ、必要な情報は全部吐きました？　もうすっかり元気なはずなんで、少々ゴーモンしても大丈夫だと思いますよ？　ヤバくなったら、また俺が治しますし!!」

あっけらかんと言われた内容にワスレナは目を白黒させた。服装は違えど、見た目は明らかにシメオンたちと似ているのだ。おそらくゴールデン・ルール一族の誰かなのだろうが、ワスレナは知らない青年である。

「もしかして、あなたが、助っ人の……？」

「あー！　あなた、ワスレナさん⁉」

フレドリックのほうはワスレナを知っているようである。ぐっと距離を詰められ、しげしげと顔を覗《のぞ》き込まれた。

こうして側で見ると、かなり若い。ワスレナと同年代、もしかすると年下なのかもしれない。戸惑《とまど》いながら観察しているワスレナと違い、彼は観察結果を素直に口に出した。

「かわいーー！　キレーー！　髪の色も瞳の色もめずらしーー！　それでいて、ちょっとオリエンタルな感じも入ってますね。へー、エリンさんともカイさんとも違うタイプだぁ。シメオン博士は、こういう人が好みだったんですねえ」

「そうだ」

律儀に応じたシメオンが、フレドリックの腕をぐいと摑《つか》んでワスレナから遠ざけた。

「だから、お前は近づくな。ワスレナは見知らぬインペリアルに側に来られるのを好まない」

シメオンにとっては知り合いなのだろうが、ワスレナの戸惑いを感じ取ったようだ。薄青い白衣の袖《そで》に食い込む指先に容赦はない。研究者然としていても、ゴールデン・ルールの男たちの身体能力は総じて高いのだ。

「いたたた、ご、ごめんなさい、つぃ！　でも、俺、『天国への階段《ステアウェイ・トゥ・ヘブン》』の件で知り合いになる予定なんですけど……!!」

「ならばなおさら、ちゃんと自己紹介をしろ、フレドリック。ワスレナが困っているだろう？」

カイが割って入ってきて、フレドリックはようやくそのことに思い当たったようだ。シメオンもいったん彼を解放してやる。

「あぁー、いてて……あ、そうだそうだ、ごめんなさいワスレナさん！　俺、フレドリックっていいます。ノーマルなんですけど、割に優秀なんで医者やってます！　……で、いいんでしたっけ、セブラン様」

今度は水を向けられたセブランが苦笑した。

「そのへんは、おいおい説明するとしてだ。それより、場所を変えようぜ」

「そいつは私の後にゴールデン・ルール一族の影武者を務めてきた小僧《こぞう》だ。主にセブランの代わりをすることが多かったようだな」

必要な情報は得られたと、移動を促すセブランの声にディンゴの説明が被《かぶ》さった。ワスレナにもそれ自体は、フレドリックの容姿がシメオンたちと似ている理由、それでいて服装が異なる理由として簡単に受け入れられた。

「ああ、道理で……」

「違うぞ。逆だ、ワスレナ」

勘違いを見抜いたディンゴが意味ありげに笑った。

「顔が似ているから影武者に選ばれたわけではない。そいつの本名はフレドリック・ルミナリエ。ただし愛人の子であるため、長くノーマルとしてミドルタウンで育っていたインペリアルだ」

「えっ⁉」

ぎょっと目を見張るワスレナの反応を楽しんでから、ディンゴは意地悪くジョシュアに話しかける。

「これだけ追加の情報をやったのだ。ステーキにデザートもつけてくれると思っていいな？　ジョシュア」

「……まあいいかな。ワスレナも一族の人間になるんだ、どうせ話そうとは思っていたし」

肩を竦《すく》めたジョシュアはあ然としているワスレナに目配せをして、全員で一度ディンゴたちの檻の前を離れた。同時に独房内との通話システムを切り、外部の会話が聞こえないようにする。

「さて、それじゃあ本人の口から話してもらおうかな、フレドリック」

ジョシュアに促されたフレドリックは、遅まきながら大きな体を少し縮こまらせた。

「あー、その、なんか、ごめんなさい。微妙な空気にしちゃって……」

「お前じゃない。ディンゴが悪い」

まだディンゴに対する怒りが残っているようだ。ピシャリと言ってのけたシメオンも微妙な空気を形成する一因なのだが、そこに触れると話が進まない。全員が突っ込みを諦《あきら》め、フレドリックがしゃべり始めるのを待った。

「えーっと、ディンゴのやつが言ったとおりです。俺はゴールデン・ルールの血を引く人間でして、言うなればこのお三方の弟ってところですね。ルミナリエ三兄弟の四番目ー！なんちゃって」

下手な冗談を飛ばすフレドリックであるが、ワスレナの顔が引きつったのを見て慌てて続きを話し出した。

「その、愛人の息子ってのも、そのとおりじゃあるんですけど、誤解しないでください。俺も俺の母ちゃんも、親父《おやじ》がいなくても元気にやってましたし！　でもインペリアルだって言われて、正直納得はしたんですよね。だって俺、ノーマルにしちゃ優秀だし美形だし。俺の母ちゃんも、ゴールデン・ルールの前総帥に見込まれるだけあって、まーまー美人だとは思うんですけどぉ」

このマイペースさは、確かにシメオンの血族ではある。奇妙な納得を覚えながら、ワスレナはとにかく最後まで聞くことにした。

「でも、やっぱり母ちゃんはノーマルだからかな？　俺はこのお三方みたいに、何かに突出した才能ってのはないんです！　ジョシュア様みたいに上に立つ器じゃないし、セブラン様みたいにうまく立ち回れないし、シメオン博士みたいに研究熱心じゃないし……むしろ器用貧乏で、あっちにフラフラ、こっちにフラフラって感じで」

実際に手をフラフラと振りながら、フレドリックは肩を竦めた。

「影武者役として迎え入れられてから、あれこれやらせてもらった結果、医者が一番性に合ってるなーと思ってやってます。人体ってイレギュラーばっかだから、切ってみないと分からないってことが多くて面白くって!!」

特にディンゴとヴェニスは面白かったですよ、とフレドリックは楽しそうだ。二人とも違法な手術で体質を大きく変化させているため、医学の常識が通用せず、自分レベルの腕でなければ助けられなかっただろうと。

「まあ、失敗したとしても、次の患者のための臨床実験にはなりましたしね！　あいつらはゴールデン・ルールの敵だし、片方ぐらい失敗しても……あ、あれ？　どうしました？　ワスレナさん。ごめんなさい、俺の話、分かりにくかったです？」

「い、いや、分かりにくくは、なかったですが……」

いろいろな意味で目眩《めまい》を覚えたワスレナは、混乱しながら取り繕う。

「敬語はいいですよ。俺、ワスレナさんより年下だもん」

「いや、そういうことじゃねえよ、フレドリック」

　助け船を出してくれたのはカイだった。ダウンタウンで生きるコンセプションだった彼の感覚はワスレナと近い。そっと肩に置かれた手には、かつてフレドリックに似たような紹介をされ、対応に困った気持ちがにじんでいた。

「お前の気持ちは分かるぜ、ワスレナ。なんというか、こう……悲惨ぶってほしいわけじゃないんだが、軽すぎるんだよな、こいつの反応……」

「そ、そうですよ……だって、そんな、義理のお父様もお母様も、あんなに仲が良さそうなのに……」

　ゴールデン・ルールの運営を息子たちに譲って長い義理の両親は、今頃ステファニーと共に自分たちの住まいに戻り、のんびりしているはずだ。趣味の世界に生きる二人は浮世離れした雰囲気があり、特に金遣いにはいまだについて行けないワスレナであるが、いつも仲睦《なかむつ》まじい二人を微笑ましく思っていた。望まれぬコンセプションとして生を受け、父母に疎まれていた身にはまぶしさすら感じていたのに、まさか彼等にそんな過去があろうとは。

「フレドリックは、ゴールデン・ルールの都合で血筋《ブラッドタイプ》さえ偽られて育ったのに、こちらの都合が変わったら引き取られたということでしょう？　そんなのって……」

「発覚した当時は、父さんも母さんもかなり喧嘩《けんか》はしたんだよ、あれでも。そうだよね、シメオン」

　今度はジョシュアが助け船を出す。

「ああ。だが、高位のインペリアルには、よくあることだからな。母も、父が子供を作った上にそれを隠していたことについて怒っていたんだ」

　兄がどういうつもりで話を振ってきたか、弟はまるで分かっていないようだ。何事もなかったかのような答えに、ワスレナの胸に影が差した。

「……よくあること、ですか」

「？　どうした、ワスレナ。なぜ今、お前は傷ついた？」

　弟を想う兄の気持ちは分からずとも、片翼《ベターハーフ》の感情の揺れには敏感なシメオンである。よく回る頭は、すぐにワスレナの傷心の理由を察した。

「浮気をしたのは父であって私ではない。私は今後一生、お前しか抱かない」

「……そ、それは、その……ありがとうございます……？」

　フレドリックに続きシメオンにまでかき回されて、ワスレナも正常な対応というものを見失いつつあった。混乱した頭にシメオンがさらなる追撃を放つ。

「だから、お前も二度と私以外に抱かれてはいけない」

「分かってます！　そんなつもりはありませんから、人前で言わないでください!!」

　本当に、このインペリアル様ときたら！　逃げ出したくなったワスレナの退路を断つように、フレドリックが照れ笑いする。

「俺は本当に、俺の扱いについては気にしてないんですよ。でも、えへへー、そんなに一生懸命怒ってくれるなんて、ワスレナさんってきれいで可愛いだけじゃなくて優しいんですね！　ねえ、まだシメオン様とは片翼《ベターハーフ》になったばっかりなんでしょ？　結婚もしてないって話ですし、なら俺にもチャンス、いでっ‼」

「俺の話を聞いていなかったのか？　てめえもぶっ飛ばすぞ」

頭半分ほど背の低いフレドリックの頭に、シメオンが固めた拳を入れた。

「シメオン、人の話を聞かないのはお前もだし、すでに一発殴ってるじゃねーか。ディンゴとワスレナのことが癪《しゃく》に障っているのは分かるが、フレドリックにはわざわざ来てもらったんだからな……」

やむなくカイが止めに入ると、フレドリックはきらっと瞳を輝かせた。

「ですよねー！　うーん、やっぱりカイさんも、きれいで包容力があって優しいなー！　ステフちゃんも可愛いし、今からでも遅くないですよ。俺と、あでッ‼」

「はいはーい、フレディ、シメオンは冗談が通じねーからここまでな？　それと、カイちゃんに色目を使うのはやめろってずっと言ってるだろ？」

目が笑っていないセブランも介入し、事態は一層の混迷を極めていく。この先のことを思い、果たしてうまくやれるのか、不安を覚えるワスレナだった。

シメオンとはまだ結婚していない。フレドリックが思い出させてくれた事実も、より不安をかき立てていた。

　悪い予感は外れてくれない。

「どうした？　暗い顔をしているな、ワスレナ」

「……いろいろと、気を遣うことが多いもので」

「天国への階段《STH》」についての調査が始まって三日目。早くも疲労感に包まれているワスレナを見下ろして、ディンゴは優雅に微笑む。ワスレナは薄青く着色された白衣姿、ディンゴは拘束着こそ着ていないが手足を電子手錠に繋がれた状態とはいえ、表情だけ見るとどちらが囚人か分からない有様だ。

　シメオンの片翼《ベターハーフ》として迎え入れられて初めての大切な仕事である。体の相性だけの相手と蔑《さげす》まれないよう、能力を示さねばならない。どれだけ努力しても、しょせんはインペリアル化実験の相手役としか認識されなかった過去と訣別《けつべつ》するために。

　そのためにシメオン同様、ディンゴとの接触を理解した上で引き受けた役目だ。過去はどうあれ、今のディンゴは囚人であり、自分は彼を実験体として管理する役目にある。表情を引き締めたワスレナは、立っているディンゴの顔の丁度横、強化ガラスの一部をディスプレイとして表示された彼のデータに視線を走らせた。

「体調に問題はなさそうですね」

「数値だけ見ればそうだろうな」

舐《な》めるような視線が耳朶《じだ》や首筋を這《は》うのを感じる。

「可愛いお前を前にして、抱けないというのはストレスが溜《た》まる。囚《とら》われの身にも性を処理する程度の自由は与えられてしかるべきでは？　なあ、手伝ってくれないか、ワスレナ」

「……会話は録音されていることをお忘れなく。またシメオン博士に仕置きを食らいますよ」

セクシャルハラスメントも甚だしい誘いを撥《は》ねつけながら、ため息を押し殺す。自分で望んだ展開とはいえ、今の状況でディンゴと会話をすることがじりじりと神経を焦がしていた。

シメオンにはできるだけ直接相手をするな、と事前に言われていたものの、ディンゴはSTHについてもっと情報を持っている可能性がある。そのためには本人とできるだけコミュニケーションを取り、協力してもらうのが最善だ。インペリアル化についても詳しい調査が必要だということで、無闇《むやみ》な負荷をかけるまいと拘束着を外されたのには、歩み寄りを示すという理由も含まれている。

　これでディンゴの側も心を許してくれれば万々歳だが、現実は甘くない。シメオンはワスレナを引き合いに出されると、すぐ挑発に乗ってディンゴの手錠に仕込まれたスタンガンを使おうとする。

　ゴールデン・ルールの中枢部に閉じ込められた元敵対組織のボスだ。拘束着を外したこともあり、単なる逃走防止ではなく、即時の殺処分が可能な電圧を発生させるものが使用されている。あまりにヒートアップすると本気でディンゴが殺されかねない。

　なら、ディンゴともワスレナとも因縁の薄いフレドリックが相手をすればいい。ジョシュアたちもそう思って彼を呼び寄せたのだろうが、残念ながら彼も適任とは言いかねるのだ。

「ワスレナさーん！　ＳＴＨの成分表、最新版にアップデートしたんで見てください‼」

　後ろから飛びつくような勢いでやって来たフレドリックを寸前でかわしたワスレナは、彼が示す表を見て眉を寄せた。

「いや、僕は専門家じゃないから、見ても分からないよ。シメオン博士に確認……、あ」

「そーなんですよぉ。あの人も専門家じゃないからって、見てはくれますけど、全然褒めてくれないんです！　できて当たり前って顔して……俺、一生懸命作ったのにぃ‼」

　頬をふくらませ、フレドリックはむくれてみせる。ゴールデン・ルールの信奉者たちであれば、その扱いに納得するのだろう。フレドリックもシメオンを同じ研究畑の人間として尊敬はしているらしいが、素直な彼は敬愛する相手からのストレートな称賛を求めているのだ。

「うーん、なら僕が見るけど……本当に見るだけになってしまうぞ？」

「大丈夫です、ワスレナさんは俺のがんばりを見て、そして褒めてください！　それだけでいいんで!!　出来は完璧《かんぺき》なんで!!」

あけすけな要求には笑うしかない。ため息をついたワスレナは、案の定専門用語だらけで意味不明な成分表を眺めやる。航空工学についてはつけ焼き刃の範囲は超えた、と自負しているが、医学、特に血筋《ブラッドタイプ》研究に関《かか》わりそうな部分はもう少し勉強しよう、としみじみ思いながら微笑んだ。

「分かったよ。がんばったのに認められないのは、つらいものな。うん、こんな短時間でよく作ってくれたね。君は天才だ、フレドリック」

「えっへへ！　ありがとうございます!!　ワスレナさん、だーいすき!!」

がばっと抱きつかれそうになり、ワスレナは慌ててフレドリックを引き剝《は》がす。兄たちよりは背が低いとはいえ、細身のワスレナからすればフレドリックも十分巨体だ。

「こら、やめなさい！　君もシメオン博士に怒られるぞ!!」

「だーいじょうぶですって。なんか、あっちに夢中みたいですし」

言われたほうに目をやれば、シメオンはヴェニスの独房の中にいる。体組織の採取をしながら何か話しかけているようだ。分厚いガラスや防護壁に阻まれて、内容はまるで分からない。

　確かにいつもの彼であれば、ワスレナがディンゴにからかわれている時点で飛んできてもおかしくなかった。実際に昨日はすぐに来て、怒りに任せてスタンガンを使おうとしたので、止めるのが一苦労だった。

　別の研究員にディンゴを任せようにも、前述の理由で下手に関係者は増やせない。ディンゴの人たらし能力を考えれば、余計に。

　そういった事情より、ＳＴＨの研究はこの三人だけで行われているのだが、頼みの綱の助っ人も完全無欠とは言い難いのだった。

「えらく時間がかかってるなぁ、何を話してるんですかね？　ていうか、ヴェニスとって会話にならなくないですか？　俺があれこれ話題を提供してやっても、ぜーんぶ無視だし……あーあ、あいつを助けるのも結構面倒だったのになぁ。あそこまでしゃべらないなら、声帯なんていらないよな……」

「……いや、確かにヴェニスはディンゴ様以外にはほとんどしゃべらないけど、声帯はいるよ。無闇に切り取ろうとするのはやめてやってくれ」

　流れるように物騒なことを言い出すフレドリックに注意を飛ばし、ため息を一つ。フレドリックにディンゴやヴェニスを任せられない理由は、彼の倫理感に少しばかり問題があるからだ。しかも、そう思っているのは基本的にワスレナと精々カイだけ、というのが話をややこしくしている。

当たり前と言えば当たり前ではある。ディンゴたちのしたことを思えば、ゴールデン・ルールの人間が彼等を手厚く遇する必要はない。いくらインペリアルが中心の世界とはいえ、政争に負けてダウンタウンへ流れるようなインペリアルもいるのだ。迂闊《うかつ》な情けをかければ、足元を掬《すく》われてしまう。

『そりゃワスレナちゃんにとっては、恩人に変わりはないんだろうけどさ。あいつは兄貴を殺し損ねて逃げた挙げ句、俺たちが長いことかけて用意したロールアウト式典を台無しにしてくれたんだぜ。舐めた真似をすりゃあ、痛い目を見せてやるぐらいは当然だろう？』

シメオンやフレドリックの虜囚への態度はどうにかならないか、とセブランに仲介を訴えたが、彼の答えは弟を支持するものだった。困ったワスレナは、次いでカイに相談した。

『まあ、俺も、致死量の電撃を流すのはやりすぎだとは思うぜ。だが、もしもまたディンゴを逃がしたりすれば、懲りずに妙な組織を作って何かやらかすに決まってるんだ。なまじ、その力を持つ男だからな。立場をはっきりさせることは必要だと思う』

セブランよりはやや柔らかいながら、カイの意見もパートナーとそう大きくは変わらない。金銭感覚はワスレナと近いものの、彼はワスレナよりもずっと長くゴールデン・ルールの人々と暮らしている。……娘も、産んでいる。政治的な考え方は彼等に感化されてきているのだろう。基本的にワスレナより血の気が多い性格でもある。

『そもそも、ディンゴがシメオンを刺激するから悪いんだろう？　フレドリックに関しては……、まあ……、素直で可愛いやつなんだが……』

『……年下に弱いですものね、カイさんは。セブラン様には、特に』

微妙な言い回しに言わんとするところを察したワスレナは、軽く頭を小突かれてしまった。正直ワスレナも同じ気持ちではあるのだ。

「でもフレドリック、君はセブラン様の影武者を務めてる時は、あの人ほどにちゃらんぽらん……じゃない、その、あまり不真面目《ふまじめ》そうに見えないというか、周りにうまく合わせていて、評判がよかったと聞いているが……」

気を許してくれるのはありがたいが、マイペースすぎないか。もうちょっと常識的な好青年を期待していたのに、とやんわりたしなめたワスレナに、フレドリックは唇をとがらせる。

「それは俺が、まだここに来たばっかりで、セブラン様の人物像を摑み損ねてたところがあったからですよ。あの人自身、ジョシュア総帥の真似をさせられてる、ややこしい時期でもありましたし……ひどいなぁ、ワスレナさん。俺自身じゃなくて、影武者してる時のほうの俺を評価するんですか……？」

「いや、そうじゃなくて！」

慌てるワスレナの頭上から、くく、と楽しそうな笑い声が降ってきた。

「慕ってくれる弟ができてよかったなぁ、ワスレナ」

絶妙なタイミングでかけられたディンゴの声に、通話システムを切り損ねていたと気づいたワスレナは「……おかげさまで」と応じるしかなかった。フレドリックがベタベタしてきたせいだ、と言い訳はすまい。サンスポットでもしょせんはコンセプション、と蔑まれており、シメオンの片翼《ベターハーフ》となった現在も周囲の評価に神経をすり減らしている身にとって、無神経なほどに無邪気なフレドリックとの触れ合いは癒《いや》しでもあるのだ。

「あー、てめぇ、また勝手にワスレナさんに話しかけて！　てめぇの声帯から切り取ってやろうかぁ⁉」

「フレドリック、やめなさいと言っているだろう。ほら、離れて。……そんな顔するな、後でシメオン博士も一緒に休憩しよう。だから今は、少し離れて。やることはたくさんあるだろう？　僕ら三人しかいないんだから。な？」

「……はぁい」

ディンゴやヴェニスには冷酷でさえあるフレドリックであるが、ワスレナが厳しい態度を取ると、途端に叱《しか》られた小犬の顔をする。容姿がシメオンと似ていることもあり、どうしても強く出続けられないワスレナだった。

「お前は私のような、年上の包容力のある男に弱いと思っていたが、甘え上手な年下にも弱いのか。ふむ、肉体年齢を変える手術というのは、いい金になりそうだな」

「いい加減にしてください。本気で声帯を切り落とされたいんですか」

またもディンゴにからかわれたワスレナは、さすがに頭に来て彼を睨みつけた。ところが、楽しげな瞳と数秒も目を合わせられず、顔を背けてしまう。

「つれないな、ワスレナ。どうして私の目を見てくれない？　お前はいつも、うっとりと私の顔を見ていたじゃないか」

「――自分の胸に聞いてみればどうです？　……ディンゴ」

再び彼を睨みつけ、敬称を抜いて低い声で問えば、ディンゴはまたしてもくく、と喉を鳴らす。

「ほう、言うようになったじゃないか」

「……それだけぺらぺら舌が回るということは、本日も体調に問題はなさそうですね」

シメオンが体組織の採取を行うかもしれない。あまりに身動きしないため、体が動かなくなってしまうからと少し運動するよう申しつけられたヴェニスと違い、ディンゴは隙《すき》あらば自由を手に入れようと画策している。自分も助手として側にいたほうがいいだろうか。

しかし、それはそれで無意味な火種になりはしないか。

「分かっているぞ、ワスレナ。お前はまだ、私に心を残している」

悩むワスレナの頬を、唐突な言葉が殴打する。

「だからこそ、私を手ひどく扱いかねないシメオンやフレドリック任せにはしないのだ。違うか？」

反射的にワスレナは通話システムを切って、ディンゴの前を離れた。独房と独房の間にある防護壁に寄りかかり、震える肩を自ら抱きしめる。幻聴だと分かっていたが、ディンゴが忍び笑う声が追いかけてきた気がして耳も塞いだ。

分かっている。ディンゴの指摘は正しい。だからこそ、割り切るためにこの仕事を引き受けた。ディンゴの扱いについて、ジョシュアに相談しなかったのもそのためだ。

復帰したばかりの総帥はとにかく忙しく、煩わせたくない、というのはもちろんだが、何より彼の手を借りては意味がない。できればシメオンの手も借りず、独力で立ち向かわねばと意気込んでいたのに、正面切って本人に「心を残している」と突きつけられると動揺を隠せなかった。

「……助手が必要なら、今日はフレドリックに任せよう」

少し気持ちが落ち着いてきてから吐き捨てる。この際スタンガンの一、二発でも食らって反省すればいいのだ。ディンゴとの関わりについては、セブランやカイのアドバイスに従って、ある程度の上下関係を構築してから考えたほうがいいかもしれない。

そう思いながらワスレナは、ヴェニスの独房の前に立った。シメオンはまだヴェニスに話しかけており、こちらに気づかない。

ヴェニスに応じている様子はほとんどない。感情の見えない、ある意味シメオンとも共通点のある美貌は電源の切れたアンドロイドのようだ。

彼も拘束着を脱いでいるが、元より抵抗らしい抵抗はまったくしていないので、褐色の手足を縛《いまし》める電子手錠に電流が流れたことは一度しかない。フレドリックがうっかりと、ディンゴにスタンガンを食らわせたと教えてしまって少し暴れた時だけだ。以前と同じく、お前が暴れたらディンゴに累が及ぶと諭されてからは生きた置物に戻っている。

その分シメオンの苛立《いらだ》った顔つきが気になった。強化ガラスが間にあるせいか少し分かりにくいが、脅しのポーズではないようだ。実際の苛立ちも伝わってくる。

自分がディンゴとやり合っている間に、ヴェニスも彼を怒らせたのか？　慌ててこちらの独房内と繋がった通話システムをオンにしようとして、気づく。強化ガラスの上に配置されたセンサーに何度触れてもオンにならない。

トラブルだろうか。胸騒ぎがして、ワスレナはアナログながら効果の高い方法に出た。

「シメオン博士！」

どん、と拳で強化ガラスの表面を叩《たた》く。音と振動が伝わったようで、ようやくシメオンと目が合った。

瞬間、彼はぎくりと表情を強張らせた。その動揺も、伝わってきた。

「……すまん。少し、感情的になってしまっていた」

シメオンにもワスレナの戸惑いが分かったのだろう。中から通話システムをオンにして謝罪するだけではなく、ヴェニスのステータス画面も見せてくれる。

「大丈夫だ、まだスタンガンは使っていない」

「……そのようですね、ならいいんですけど……」

今はそれを心配していたわけではないのだが、一応ワスレナはうなずいた。ディンゴには容赦のないシメオンであるが、反応に乏しいヴェニスは自身がスタンガンを受けてなお様子が変わらないため、ひとまずは放置してディンゴに口を割らせる作戦だったはずだ。

二人は一体何を話していたのだろう。もやもやするワスレナの背に、がばっとフレドリックが覆い被さってくる。

「ワスレナさーん、まだですかぁ？」

「うわっ、馬鹿、重い‼」

シメオンたちに集中していたワスレナは避けきれず、潰《つぶ》されそうになって悲鳴を上げた。今度は注意が背後に向かったので、シメオンがぴくりと眉を跳ねさせたことには気づけなかった。

「ちょっと待ってくれ、まだ、ディンゴさ……、ディンゴのチェックが終わっていないん

「……博士？」

だ」

　意識して言い直した瞬間、きらっとフレドリックの目が輝いた。

「あー、えらーいワスレナさん、ディンゴのやつのこと呼び捨てにした！　やりましたね、すごい進歩じゃないですか、がんばったがんばった!!」

「こ、こら、よせって！　僕は別に、君みたいに褒めてほしいわけじゃないぞ!!」

　わしゃわしゃと頭を撫《な》でられ、ワスレナは悲鳴を上げた。その耳に、どん、と強い音が響く。

　今度はシメオンが、内側から強化ガラスを叩いたのだ。

「……ディンゴのチェックは、今日はデータだけでいい。昨日《きのう》も体組織採取は行ったしな。少し休憩しよう」

　一瞬ぽかんとしたワスレナは、やがてぎこちなくうなずいた。

「そ……う、ですね。フレドリックにも、さっきそう約束しましたし。申し訳ありません、騒いでしまって。ほら、君も博士に謝れ、フレドリック」

「すみません、博士……」

　片翼《ベターハーフ》ではなくとも、今のシメオンの張り詰めた空気は理解できるようである。しょんぼりしているフレドリックに何も言わず、シメオンはため息をついて独房の外に出てきた。ワスレナにも、何も言わず。

けではない。

ディンゴを呼び捨てにした件について、フレドリックに取り立てて褒めてほしかったわけではない。

だが普段のシメオンであれば、がんばったと、よくやったなと、言ってくれてもいいような気がした。――一体ヴェニスと、何があったのだろう？

「ワスレナ、飲み物の用意を頼めるか」

「あ、はいっ。博士、フレドリック、今日は何がいいですか？」

疲れた声でシメオンに言われたワスレナは、取り急ぎ準備を始める。フレドリックが先行してエリンの差し入れであるケーキを用意してくれていたので――気が利く時は利くのだ――三人はラボの端にある小さな休憩室でささやかな茶会に興じた。

「あー、このケーキ、めっちゃうまいなー！　これ、ここの下で売ってるやつでしょ？　たっかいんですよねー!!　さすが総帥の奥様、お金持ちー!!」

フルーツがたっぷり乗ったタルトを頬張るフレドリックは、さっきシメオンに怒られたことなど完全に忘れてしまったようだ。ミドルタウンで暮らしていただけあって、金銭感覚は一般的なフレドリックであるが、この切り替えの早さはワスレナにはない。

羨《うらや》ましい限りだが、また余計なことを言ってシメオンを怒らせやしないか、内心ワスレナは危ぶんでいた。愛する片翼《ベターハーフ》はまだ、帯電したような空気を漂わせているのだ。

「お前、カイやワスレナにはちょっかいをかけるのに、エリン義姉《ねえ》さんにはそういうことをしないな」

　美しいしぐさでタルトを切り分けているシメオンに言われ、フレドリックは珍しく言葉を濁した。

「いや、さすがにエリンさんは、畏《おそ》れ多いので……」

「……なら、私のワスレナは畏れ多くないと言いたいのか」

　ひやりとしたが、フレドリックは真剣な顔で首を振った。

「や、そういう話じゃなくて、ジョシュア総帥だけは絶対敵に回したくないんですよ！」

「……そうだな。私も、ジョシュア兄貴とは争いたくない」

　シメオンも真顔である。耐えきれず、ワスレナはぶっと噴き出してしまった。

「なんだ、ワスレナ。何がおかしい」

「い、いや、だって、あなたたち二人にも、怖いものはあるんだなって……!!」

　明日世界が滅ぶと言われても、大して動じなさそうな二人であるのに、あの穏やかなジョシュアがそんなに怖いのか。ディンゴの助命嘆願について話した際、肝が冷えた覚えはあるが……。

　反動ですっかり肩の力が抜けたワスレナは、くすくすと笑い続けている。何も知らない笑顔を見つめるシメオンの表情はいまだ真剣そのものだ。

「お前、フレドリックとやけに親しげだと思っていたが……まさか、ジョシュア兄貴にまで気があるんじゃないだろうな」

「は？」

思わぬ話運びに目が点になる。

「えっ、ワスレナさん、やっぱり年上しかだめなんですか⁉　ショックー‼」

フレドリックまで悲鳴を上げ、ワスレナはますます混乱した。

「や、ちが、そうじゃなくて……！　ああ、もう‼」

一体シメオンはどうしてしまったのだ。ワスレナがジョシュアを、などと、それこそ畏れ多い。フレドリックにしても、カイにもちょっかいをかけていたとのことだし、本気であるはずがないのに。

――万一、ワスレナに本気で何かを仕掛けてくるとすれば。

金色の面影がまぶたの奥で瞬いた。それから目を逸《そ》らし、ワスレナはまっすぐにシメオンを見て断言した。

「僕はシメオン博士の片翼《ベターハーフ》です‼　安心してください、あなたのことが一番好きですから‼」

まるでシメオンのように直球のラブコールを放ったワスレナの顔は真っ赤だ。さすがのシメオンもフォークを持ったまま固まり、フレドリックはなぜか立ち上がって抱きついてきた。

「すげー！　これが片翼《ベターハーフ》の絆《きずな》ってやつなんですね、かっこいいー‼　憧《あこが》れるー！　やっぱ好きです、ワスレナさん‼」

「君はちょっとは人の話を聞いたらどうだ⁉　そういう態度だから、博士を心配させてしまうんだ‼」

ディンゴやヴェニスより、このマイペースがすぎる若者に仕置きをくれてやるべきではないか。狭い休憩室の中、ましてまだテーブルの上にあるエリンのケーキを思うとうまく抵抗できず、ばたばたと暴れるワスレナを見つめるシメオンの瞳に影が落ちる。

「そうだな。俺はお前の一番だ」

ワスレナたちに聞こえないようつぶやいて、フォークでざくりとタルト生地を突き刺した。

「……今はな」

影を含んだ瞳は休憩室の向こう、ディンゴとヴェニスが並んだ独房のほうへと向けられていた。

その日の夜のことである。

ＳＴＨの解析業務は夕刻で終了だ。フレドリックともラボにて夕食までは共にしたが、ワスレナとシメオンの暮らす部屋に来たい、という願いは二人揃って連日却下している。

「ふざけるな。ワスレナの手料理を振る舞ってやっているだけ、ありがたいと思え」

ワスレナに会うまでは昼食を摂らず、朝と夜も出来合のものですませていたシメオンであるが、今は可能な限り三食とも片翼《ベターハーフ》に作ってほしいと駄々を捏《こ》ねるのだ。特殊な業務の都合上、ずっと一緒に過ごしているフレドリックも朝食以外はその恩恵にあずかっているのである。

「博士、またそんな言い方を……いいんだ、フレドリック。二人分も三人分も、作る手間はそんなに変わらないんだから」

苦笑いするワスレナであるが、部屋にまで招待するつもりはない、というのはパートナーとの共通見解である。フレドリックはすっかりふくれて、

「はいはい、分かりましたよぉ。二人の愛の巣に、俺は入れてくれないんでしょ。その代わり、来週末にデートする約束、忘れないでくださいよ？」

「デートじゃなくてショッピングな。僕たちだけじゃなく、セブラン様やカイさんや娘さんも一緒だから」

釘《くぎ》を刺すワスレナであるが、フレドリックは案の定あまり聞いている様子がない。

「分かってますって！　オリエンタルの諺《ことわざ》で言うところの、リョーテニハナってやつですね‼」

「……ジョシュア様とエリン様にも来てもらうか？」

それより先にセブラン様に怒られるだろうけど、思いながらワスレナが脅すと、フレドリックはぞっとしない顔で引き下がったのだった。今頃はここより二つ下の階にある自室にて寂しく過ごしているだろう。他のラボに籍を置く研究者たちも、大体は同じ階に部屋をもらっているそうだ。

住居一つ取っても、フレドリックはゴールデン・ルールの人々と同じ扱いは受けていない。少しばかりそれが引っかかったが、本人は何も気にしていないようであるし、第一ここへ彼を連れて来たいわけではない。

「冗談に決まってるのにな。総師ご夫妻はお忙しいんだから」

ようやく二人きりの部屋に戻ったワスレナは、上着をクロークにかけながらため息をついた。

ラボの一階下にあるこの場所は、ワスレナが初めてゴールデン・ルールに連れて来られて以降住んでいる部屋だ。元はセブランの予備の私室だったのだが、予備という言葉が羞恥《しゅうち》で頬を染めそうな広さと豪華さに最初は圧倒された。シメオン単独の私室は最上層に今もあるのだが、もともと彼はラボで寝泊まりしていることも多く、贅沢《ぜいたく》な物置と化している。

「来週末なんて、いきなりお誘いしても無理に決まって……、シメオン博士？」

シャツ一枚となった背中に、ひたりと熱が貼《は》りつく。ワスレナはもちろん、フレドリックよりも半回り大きな体が、後ろからすっぽりとワスレナを抱き竦めていた。

先ほどフレドリックに冗談交じりに抱きつかれた時とは比にならない安心感と、戸惑いを同時に感じる。急に体に触れてくるのは毎度のことだが、シメオンから伝わってくるこの切迫した感情はなんだろうか。

「嫌か」

甘く、どこか苦しげな声が耳のすぐ裏で聞こえた。唇の開閉がダイレクトに伝わり、うなじが赤く染まる。

「い、嫌じゃ、ないですけど……戻ってきたばかりですし、シャワーぐらい浴びてから」

「なら、シャワーを浴びながらすればいい」

脇《わき》を潜《くぐ》って前に回った指先が、シャツのボタンを外し始めた。いつの間にか手袋を外していたようで、素手の温《ぬく》もりが布地越しに伝わってくる。ぎょっとしてその手を摑むと、

「……嫌か？」

より切なさを帯びた声が鼓膜を揺らす。普段は傍若無人もいいところなのに、どこでこういう技巧を学んできたのだろうと、憎たらしさを覚えた。

「……あなたも全部、ちゃんと脱いでくださいよ」

ふて腐れたように言いながら、その腕の中でくるりと体を反転させた。爪先《つまさき》立ちのおね

だりに、少し屈《かが》んだシメオンの熱い唇がすぐに応じてくれる。

「ん……、ふ、ん」

抱き合いながら、互いの服を脱がせ合いながら、もつれ合うようにしてバスルームへ向かった。こういったやり取りも初めてではない。ワスレナの服の三倍ぐらいありそうなボタンを外すのもだいぶ慣れた。おかげで今夜は、目的地へ移動した段階で上半身までは脱がせることに成功した。

もっとも、その間にワスレナは全裸にされている。促されるまま足を上げるなどしているうちに、いつの間にかこうなっているのだ。インペリアル様はなんでもできる、などと悠長に考えている暇もなく、わずかに湿ったバスルームの壁に押しつけられた。

「ん、ん……ま……って、あなた、まだ、全部」

「待てない」

シメオンはコートとシャツを脱ぎ捨て、厚い胸板を露出した格好ではあるが、まだ下半身を覆うものは一切脱いでいない。このままじゃ濡《ぬ》れる、自分が洗濯するんじゃないからって、と文句を言おうとする唇を再び塞がれた。

「俺の体に興奮するのは知っているが、その前にお前の体を堪能《たんのう》したい」

「……っ！　もうっ……!!」

いい顔といい声で言うべきことか、と思ったが、理性を裏切って体が発情フェロモンの放出を始めた。舌なめずりしたシメオンが出したシャワーの湯気に混じり、それはバスルームを満たしていく。

半身誓約、ならびに片翼《ベターハーフ》を得たコンセプションに発情期は来ない。とはいえ発情フェロモンを出さなくなるわけではない。誰彼構わず、本人の意思とも無関係に誘いかけることがなくなるだけの話だ。

そもそも人間は年中発情期とも言える。片翼《ベターハーフ》に求められ、口づけをして抱き合えば、フェロモンが出るのは道理である。欲情したシメオンの興奮はワスレナにも伝わり、互いを増幅器として快楽への期待は高まっていく。

「あ、んっ」

不意に身を屈めたシメオンが乳首に吸いついてきた。シャツのボタンを外されている際、軽く指の腹がかすめただけで硬くなっていたそこを強く吸われると、甘い痺《しび》れが全身に広がっていく。

「ふ、ぁ……、や、ん、んん」

シャワーの音に対抗するように、シメオンはあえて大きく音を出しながら乳首を吸い立ててくる。触覚と聴覚への刺激に加え、シャワーに濡れた黒髪をうるさそうにかき上げる姿は目の毒だ。最近はかなり人間味が増してきたとはいえ、理性の塊のようなインペリアルが、まるで赤子のように……

「ふ、う」

赤子。赤ん坊。

近頃心を騒がせるワードを振り払うように、ワスレナも屈んだ。指先をシメオンのベルトに伸ばす。

「こら、動くな」

「ん、だって……早く、ほしい、です」

前立てを押し上げるふくらみを包み、先端に手の平を押し当てるようにしてねだると、シメオンがかすかなうめきを上げる。誘惑は成功したようだが、このまま一気に、とはいかなかった。

「嬉しいが、ここの具合を確認してからだな」

今のシメオンはワスレナを傷つけるようなセックスを好まない。長い指先が不意に尻の奥へと忍んできた。すでにヒクヒクと痙攣《けいれん》を始めている入り口の襞《ひだ》を、思わせぶりになぞられる。

「シャワーじゃないな、このぬるつきは」

「あ、ん……っ、言わな、あ、あぁ」

ぞくぞくっと背筋に痺れが走る。言葉でさらに濡らされたそこに、シメオンの指先が侵入してきたのだ。

女性と同じように、コンセプションの穴も愛液を分泌する。十分にぬかるんだ内部を確かめるように、ぐちぐちとかき回されても痛くはないが、いまだに恥ずかしさは消えない。

だが、この羞恥が快楽の呼び水になっているのも事実だ。片翼《ベターハーフ》の愛を受け、コンセプションとして成熟したワスレナの体はパートナーの愛撫《あいぶ》に敏感に反応する。

しかし今夜に限っては、いささか意図して快楽に溺《おぼ》れようとしているのも事実だった。

「大丈夫そうだな」

シメオンの息が弾むのも早い。最高位のインペリアルであり、コンセプションのフェロモンが効かない男は相手の性別や血筋《ブラッドタイプ》を問わずセックスの経験が豊富だ。欲望に我を忘れるということもあまりなく、観察者めいた理性を残しているのが常の男が、かすれた声で求めてくる。

「脱いでやりたいのは山々だが、俺も早く、お前の中に入りたい……いいな?」

自ら手早く前を寛《くつろ》げたシメオンの一物が太股《ふともも》に添えられる。脈打つ熱の塊と同様に、ワスレナ自身もとっくに屹立《きつりつ》して涎《よだれ》を垂らしている。

「はい、来て、僕の中、来て……ッ」

最初こそシメオンの焦燥に引きずられていたワスレナだったが、今は何かにせき立てられるように、二人とも焦っていた。互いの背を押す何かの正体は摑めないまま、がむしゃらな衝動に従って、せめて体だけでもと願うように繫がった。

「はっ、あ、あ……‼」

片足を担ぎ上げられたかと思うと、深々と突き上げられた。一瞬で子宮口まで届いた男根は、雁首《かりくび》に内壁を引っかけながら引き抜かれていき、また同じところまで抉《えぐ》り抜く。シャワーとは違う、粘ついた水音がひっきりなしに耳朶を打った。

「あっ、あぁ、はっ、はげ、しッ」

「激しいのが、いいんだろうが……ッ」

不安定な姿勢では容赦のない突き上げを受け止めきれず、しがみついてきたワスレナの腰をしっかりと固定したシメオンががつがつと上下に体を揺する。水飛沫《みずしぶき》を跳ね飛ばしながらの交わりに頭が蕩け、ただただ中を穿《うが》つ硬さと太さを感じていた。

「いいか、ここが好きか」

「んん、ん、うん……！」

普段であれば「はい」と答えるところだが、激しい振動と快感で舌が回らない。ほとんど条件反射のようにうなずくことしかできなかった。

「俺が、好きか……！」

「うん、うん……‼」

ひりつくような切なさを帯びたシメオンの問いにも、同じようにしか答えられない。単純化された頭で理解できるのは、原始的でシンプルな感覚だけだった。

熱い。気持ちいい。求められている。嬉しい。

だが、片翼《ベターハーフ》とのセックスは、それだけが目的ではない。火照った頭にその思いは冷たい針と化して突き刺さった。

「奥、奥に……一番奥に、出して、ぇ……」

舌っ足らずにせがむと、シメオンが驚いたように目を見開いた。どれだけ忘我の域にあっても、ワスレナがこのようにあけすけに願うのは珍しいのだ。

「……くそっ‼」

普段であればもっとゆっくりと、時間をかけてワスレナをあえがせるシメオンであれば、常ならぬ余裕のなさと滅多にないおねだりには勝てなかったようだ。一際深くまで己をねじ込んだシメオンに強く抱きしめられながら、降りてきていた子宮口へと熱い奔流が注ぎ込まれるのを感じていた。

「んん、あ、ぁ……」

蕩けた声で満足の息を吐きながら考える。——これで妊娠、できただろうか。

ワスレナ自身もほぼ同時に達し、半ば意識は朦朧《もうろう》としていたが、その思いだけは凍りつくような冷静さで頭の片隅を占めていた。

「……大丈夫か？　ワスレナ」

「はい……」

少しぼんやりしながら返事をすると、シメオンは今さらのように下半身の衣服を脱ぎ捨てて全裸になり、ワスレナを抱き上げて浴槽に入れてくれた。コックをひねり、適温の湯も出してくれる。

「私はシャワーだけでいい。お前は疲れただろう、湯を溜めて少し浸《つ》かっておけ」

「ありがとうございます……」

浴槽のへりに身を預けたワスレナは、ゆっくりと水位を上げていく湯が胸の中にまで浸透していくのを感じていた。体力差にちょっぴり妬《や》ける部分もあるが、それ以上にシメオンの気遣いが、成長が、まぶしい。

最初に出会った時とは雲泥の差だ。片翼《ベターハーフ》の繋がりとは、こんなにも人を変えるのだ。ありがたく思うと同時に、自分もまた彼の片翼《ベターハーフ》として成長せねばと、身が引き締まる思いだった。

二人の仲に溝を作る要因も取り除かねばならない。

「あの、ところで今日、ヴェニスと何か話していませんでしたか」

「……、ああ、まあな」

シャンプーの泡を落としながら、シメオンは曖昧《あいまい》にうなずいた。具体的な話の内容には触れず、

「あいつにも継続的に声はかけていくつもりだ。心を開いてくれるかもしれん」

「それは……あまり期待しないほうがいいと思いますよ。あいつは昔から、ディンゴ……の、こと以外には、ほとんど反応しないので……」

ピリ、と空気が引きつった。いけない。

いまだに昔のことを持ち出して、執拗《しつよう》に絡むディンゴはシメオンを相当いらつかせているようだ。いずれは彼にも乗り越えてもらいたいが、今はやめておこう。

「そ、それにしても、ヴェニスのやつ、あれだけコミュニケーション能力の高いフレドリックが話しかけても完全無視だなんて……すごいですね」

ヴェニスの件について深く追及するのも諦め、ワスレナは無難なほうに話を振った。ワスレナとしては、そのつもりだった。

「……フレドリックはコミュニケーション能力が高いというより、一方的に自分が言いたいことをしゃべっているだけだろう」

ディンゴのことを口にした時と同等、あるいはそれ以上に空気がぴんと張り詰めた。それきり無言になったシメオンはさっさと泡を落とし、ワスレナに背を向ける。

「もう寝る。明日も仕事だ」

「……そうですね。僕はもう少し、のんびりしていきます。せっかく博士が入れてくれたお風呂《ふろ》ですし……」

素知らぬ顔で、時間稼ぎの発言をするのが精一杯だった。シメオンが出た後、ワスレナは鎖骨あたりまで溜まっていた湯の中に全身を沈める。その手首には唯一身を飾るものとして、ブレスレットに似た金色のウェアラブル端末が光っていた。

これはスターゲイザー内に入る段階で必要なものであり、個人のアカウントと紐《ひも》づいていて様々な機能が使用できる。だが当然、個々のアカウントには制限も設けられている。

今日の業務終了間際、ワスレナはこのウェアラブル端末を使ってヴェニスの房の通話システムにアクセスした。シメオンと何を話したのか、それを知るためだ。後ろめたい気持ちもあったが、業務中の会話を共有するだけと考えて無理やり自分を納得させた。

しかし、他の時間帯の記録はあるのに、そこだけがブランクになっていた。少なくとも、ワスレナの持つ権限ではブランクと表示された。以前シメオンに送られたドングルを装着した個人用パソコンを使っても結果は同じだった。ディンゴに悪用された事実を鑑《かんが》みてドングルの保つ権限は縮小され、生体認証を伴う新たなセキュリティシステムを構築中であるが、この件に関してはまだ完全な権限移行は終わっていないはずだ。

それによってワスレナは直観した。シメオンがヴェニスと長話をしていたあの時、通話システムを外部からオンにできなかったのは、ただのトラブルではない。意図的なものだ。

当然ながらそれも、ワスレナの権限では確認できなかったが。

ざぷりと湯を跳ね上げて、ワスレナは湯船から浮上した。紅茶色の髪からぽたぽたと雫《しずく》を垂らしながら、虚《うつろ》ろに名を挙げる。

「……セブラン様や、ジョシュア様に……」

シメオンの権限で設定されたブランクやエラーであれば、彼と同等以上の権限を持つ兄たちであれば確認できるだろう。

「……でも、それで、もし……」

もし本当に、シメオンがヴェニスに心を揺らしていると知ったら、彼等はどう思うだろうか。今の厚遇は全て、ワスレナが彼等の愛する弟の片翼《ベターハーフ》であることに由来しているのに。

ジョシュアとエリンのように長い療養期間があったわけでもないのに、セブランとカイのようにすぐさま子供を授かれなかったくせに。

「リングは外したんだ。子宮にも異常はないって診察結果だった。なのに……」

半身誓約実験はしたくても、子供を求めていないディンゴによってワスレナの子宮にはリングという名の避妊具がはめられていた。シメオンの片翼《ベターハーフ》と認められた時点で摘出手術をしてもらい、子宮の状況も確認してもらっている。

粗悪なリングを長期間使うことにより、妊娠できない体になったコンセプションの話は聞いたことがあった。しかしディンゴは晴れて完全なインペリアルとなった暁には、子供を作ることも視野に入れていたらしい。無闇に孕ませて母胎を疲弊《ひへい》させないためにリング装着させていた面もあり、安全性の高い高級品が使われていた。妊娠能力が失われているわけではないはずだ。

大丈夫だと、必死に己に言い聞かせる。たとえ子供を授からなくても、自分とシメオンは運命によって選ばれた片翼《ベターハーフ》なのだ、と。

半身誓約と違って、インペリアルから一方的な解除はできない絆があるのだ。解除しようとすれば、インペリアルにも大きなしっぺ返しが来る。

逆に言えば、たとえ心が離れていても、解除できないだけということではないか。暗い方向へ傾く思考を、懸命に修正しようとする。

「落ち着いたら、結婚しようって、言われているし……」

タイムレスウイング墜落直後、先ほどの自分たちのように慌ただしく求め合い、一度解除された誓約を結び直した。本能はそれだけで相手を唯一として認識するが、人間は社会的動物である。今のワスレナはまだ、シメオンの片翼《ベターハーフ》としてごく一部に紹介されたのみであり、法律上のパートナーではない。

理由は聞かされている。納得もしている。ジョシュアが復帰したとはいえ、目下問題となっているＳＴＨのように、世情を騒がせる種には事欠かない。このような状況では、ルミナリエ三兄弟の独身最後の一人に相応しい、きちんとした式を挙げられない。

『私は早く、お前を法的にも私のものにしたい。だが、こういう面倒な手順を踏まないと、お前の存在を世間に認めさせることが難しいと兄貴たちに言われた』

何事もマイペースでストレートなシメオンである。ふて腐れた顔で言われた時には、その様を可愛らしくさえ思っていた。

今となっては耳に心地いいだけの言い訳に聞こえてしまう。

もう一度湯の中に沈み込み、ワスレナは目を閉じた。自分が誰であっても温かく迎え入れてくれるこの場所から、出て行きたくないと思った。


翌日からワスレナは、ＳＴＨの解析をしがてら、シメオンの動向をさり気なく観察するようになった。

「ワスレナさん、ちょっと機材を借りに行ってきますね」

「ああ、うん」

別のラボへ出かけて行くフレドリックに生返事をしながら、またヴェニスの独房に入っているシメオンに視線を走らせる。

その気になって見ていると、シメオンはやたらと頻繁にヴェニスのところへ行っているように感じられた。外側から話しかけるだけではなく、必ず房の中へ入り、その際通話システムは常にトラブルを起こして外からはオンにできない。通話記録も、少なくともワスレナには参照できない。

メンテナンスを頼んでも無意味だろう。メンテナンスのためにここへ入ることができるのも、ゴールデン・ルールの息のかかった人間なのだから。

とはいえ、シメオンをディンゴと接触させないように分担を振り分けたのはワスレナだ。ならばもう一人の実験体であるヴェニスを相手に業務を行うのは当然である。一向に心を開かないヴェニスへも継続的に声をかけ続けるべき、という理屈にはうなずける。

だがそれを、どうして隠れて行わねばならない？　しかも、違法改造されたコンセプションであるヴェニスに。

同じコンセプションであり、同じようにディンゴの実験体だった身だ。血筋《ブラッドタイプ》で彼を差別しているわけではない。ディンゴの側に置いてもらえる立場に嫉妬を覚えたこともあったが、それも昔話である。

問題は彼の振りまく高濃度のフェロモンが、ワスレナやカイの心さえ揺らした過去があることだ。

いくらシメオンが特異体質であり、かつ一般的なインペリアルであっても片翼《ベターハーフ》を得た身に他のコンセプションのフェロモンは効かなくなるとはいえ、普通のコンセプションが相手の場合である。ディンゴは世界の理に弓引こうとした堕天使だ。彼の生み出した生物兵器であるヴェニスのフェロモンであれば、シメオンにも通用するのではないか？　だからシメオンは、あのように何度もヴェニスのところへ行くのでは？

ヴェニス自身は自分の進退など、どうとも思っていまい。だがディンゴを自由にしたいとは思っているはずだ。そのためにシメオンを懐柔するというのは、あり得ないどころか、現状のヴェニスにできる唯一の方法ではないかと思われた。

「あれ、今日は早いな」

推理を進めていたワスレナであるが、それを覆す展開が起こった。昨日までは長々とヴェニスの独房に入り浸り、何事か話しかけていたシメオンが早々に出てきたのである。彼はいったん自分のデスクに向かうと、引出から小さな箱を取り出してワスレナに近づいてきた。

「ワスレナ、航空工学のほうのラボに、この資料を持って行ってくれないか。相手は誰でもいい。私からだと言えば、話は通してある」

「は……はい、分かりました」

内心の動揺を抑えてワスレナは箱を受け取った。先日改名され、名実共に血筋《ブラッドタイプ》研究のラボとなったエリアを出て、シメオンの姿が見えなくなったところで思わずつぶやく。

「やっぱり僕の、勘違いだったのかな……」

初めて接する実験体に、特に初期はあれこれと試して反応を引き出そうとするのは普通だ。単にその時期が過ぎただけなのかもしれない。少し心が軽くなったワスレナの足取りは比例して早くなった。

「それにしても、航空工学のほうのラボに顔を出すのも久しぶりだ」

ロールアウト式典が悲惨な結果に終わったこともあって、最近はシメオンも血筋《ブラッドタイプ》研究ラボのほうに入り浸りだった。そこまで考えたところで、ワスレナの足はみるみる勢いを失った。

「もしかして、体よく追い払われたんじゃ……？」

航空工学のラボは少し離れた場所にある。自分がいない間に、ヴェニスとまた話し込む気なのかもしれない。

「ワスレナ」

立ち止まった背中に呼びかけられてぎょっとする。聞き慣れた声に振り向けば、見慣れた精悍《せいかん》な美貌があった。

「あれ？　シメオン博士」

「すまん、間違えた。その資料は、まだ必要なかったそうだ」

「あ、なんだ、そうだったんですか。あなたでも、そんな間違いをするものなんですね」

ほっとしたワスレナは来た道を戻ろうとしたが、ぐいと腕を摑まれてまったく別の方向に引っ張られてしまう。抱えている箱が落ちてしまいそうな勢いだった。

「え、なんですか？　博士」

「今日はこっちでひと休みしよう」

そう言って彼がワスレナを連れ込んだのは、血筋《ブラッドタイプ》研究ラボでも航空工学研究ラボでもない、別のラボ用の休憩室だった。いいのだろうか、と思ったが、無人であるしスターゲイザーはゴールデン・ルールの城だ。シメオンが望めば叶《かな》わない願いもないのだろうと思い、戸惑いつつも後に従った。

「ええと、あの……お茶でも、用意しましょうか。置いてある物を使ってもいいんですよね。あ、これ、チャとかいうやつですか？」

一体どうしたのだ？　時間稼ぎの意味も含めて尋ねたが、答えは無言で休憩室の扉を閉め切る音と、睨みつけるような強い視線だけだった。

「単刀直入に言おう。最近のお前は、私というものがありながら、昔の男に振り回されすぎじゃないか」

こめかみを流れる血流が突然強く意識された。きっと心臓の拍動がいきなり速くなったからだ。

「嫉妬を通り越して、怒りすら感じる時がある。……そのくせ、ヴェニスには嫉妬して、私の行動を監視していただろう」

「そ、そん、な」

凍りついたようだった唇から、限りなく震えに近い声が出た。ぶつけられた言葉の全てが心を深く抉り、立っているのがやっとだ。自分がこんなにショックを受けているのに、シメオンは大丈夫だろうかと埒《らち》もないことを考えた。

「ご、ごめんなさい。そんなふうに、思わせていたとは……でも、僕らはもう、片翼《ベターハーフ》、で……誰よりも強く、結び合わされた、関係で……」

「なるほどな」

あえぐような弁解を、鋭く光る翠緑《すいりょく》の瞳が一刀両断する。

「それにあぐらをかいた結果が、今の状況か。一向に私の子供を孕む気配がないのは、そのためか？」

心臓に突き立てられた氷の刃《やいば》がワスレナの時を完全に止めた。壊れそうに見開かれた目の端で、白いコートの裾《すそ》が翻る。

「……すまない。どうかしているな」

自嘲《じちょう》の声を漏らしながら、白い手袋に包まれた手が休憩室の扉を開いた。

「先に戻る。お前は、少し間を置いて戻ってきてくれ」

「は、はい……」

言われなくても無理だった。むしろ、今すぐ全てを放り出して逃げ出したいぐらいだった。

十五分後、散々迷った後に血筋《ブラッドタイプ》研究ラボに帰ってきたワスレナを、シメオンは何食わぬ顔で出迎えてくれた。

「戻ったか」

「……はい」

培養液の調整を行っているらしき彼の横をすり抜け、特に意味もなく自分のデスクに行った。とりあえず椅子《いす》を引こうとした瞬間、無意識に抱きしめていた資料入りの箱を取り落としそうになってしまう。

「うわっ……！」

「おっと、ワスレナさん、大丈夫です？」

横合いから伸びてきたフレドリックの手が、危ういところで箱を掬い上げてくれる。彼も機材レンタルをすませて戻ってきていたようだ。

「もー、どうしたんです？　顔が暗いですよぉ〜。あっそーだ、いーもの見せてあげますね!!」

取り上げた箱をシメオンのデスクへ押しやると、フレドリックは代わって両手で抱えられるほどの別の機材をワスレナの前に置いた。

「じゃーん、最新鋭の遠心機！　このサイズでちょー高性能なんですって!!　やっぱゴールデン・ルールの設備はすごいですねー!!　これを人体に使ったら面白いだろうなー!!」

「……ああ、うん。そうだな」

「……ワスレナさん？　どうしたんですか、今のは突っ込むところですよ？」

このマイペースな青年に心配されている。そう分かったことがとどめになった。ぽろりと一粒、瞳の端から涙が零《こぼ》れた。

フレドリックは一瞬目を見張ったが、いつものようにぎゃあぎゃあと騒ぎ立てるようなことはしなかった。むしろシメオンに聞こえないよう、身を屈めて小さな声で、それでいて気軽な口調で聞いてくれた。

「もー、どうしたんですか。さては俺がいない間に、シメオン博士と喧嘩でもしました？」

喧嘩ではない。

喧嘩ですらない。

一方的に詰《なじ》られ、責められただけだ。弁解さえも、ろくにさせてもらえなかった。

「……ごめん、ちょっと。でも、そうだな。今は仕事中だ。君みたいに、切り替えないと」

「そうですね。切り替えないと」

そこでフレドリックはひょいと姿勢を戻し、シャーレの前で真剣な顔をしているシメオンに大声で叫んだ。

「シメオン博士、すみません。借りてきた遠心機の調子がちょっとよくないみたいなんで、レンタル元に文句つけに行ってきまーす！　三十分ぐらいで戻りまーす‼　ほら、行きましょ、ワスレナさん」

「え、あ、ええ？」

慌てるワスレナの腕を取って、フレドリックは強引にラボの外に向かって歩き出す。再び声を潜めたフレドリックが耳元にささやいてきた。

「言いたくないなら、無理には聞きません。だから、外の自販機で一本飲み物奢《おご》ってくださいよ。そうしてくれたら、三十分一人にしてあげますから‼」

軽い口調はセブラン、見事なウインクつきであることはカイを思わせた。傍若無人でさえあるマイペースぶりが素なのだろうが、その気になれば相手に合わせた気遣いができる器用さも持っているのだ。

影武者をやっている時の俺を評価するのかと、すねた顔も誇張はあろうが、嘘《うそ》ではなかっただろうに。そうと知っていて、フレドリックの優しさに慰められる自分がいる。

この浅ましさを見抜かれたから、シメオンにあんなことを言われてしまうのだ。

勿忘草の色をした瞳から、堰《せき》を切ったように涙があふれ出す。その背をさり気なくさすりながら、フレドリックは一緒に歩いてくれた。

シメオンが一瞬こちらを見た気がしたが、何も言わなかった。

遠心機の調子が悪いからといって、戻ってきたばかりのワスレナまで行く必要はあるまい。聡明《そうめい》な彼に分からないはずもないのに、何も言わなかった。

「どうした、ワスレナ。体調のチェックが必要なのは、お前のほうではないか？」

いつものチェックが終わるやいなやのディンゴの言葉に、ワスレナの肩がびくりと跳ねる。その動きによってうなじの傷口も引きつれ、かすかな痛みをもたらした。

――一向に私の子供を孕む気配がないのは、そのためか？

残酷な問いかけを浴びてから三日。ワスレナの頭の中では、今もその言葉が鳴り響いている。

薄々感じていた不安を、愛する男の口から形にしてぶつけられたショックは大きい。あれ以来ワスレナは目に見えて意気消沈し、本音を言えば誰にも会わずにベッドに引きこもっていたいぐらいだったが、そういうわけにもいかない。

仕事はせねばならない。シメオンの身の回りの世話を焼かねばならない。ラボに行かねばならない。……不快だと言われてなお、シメオンとヴェニスの様子を確認せずにはいられない。

ヴェニスと長く話し込む様子は見られなくなっている。その代わりシメオンは、頻繁に航空工学のラボと連絡を取っているようなのだ。

三日前、資料を持って行けと言われたが、直後に訂正されたこともあって二人きりで嫌な話をするための前振りにすぎなかったのだと思っていた。今は本人が直接連絡を取っているので、前振りとして使うわけではなかろう。

なぜ連絡を取っているのかは、教えてもらっていない。聞くこともできない。迂闊な話を振って、またあのようなことを言われたらと思うと、怖くて何もできなかった。そのため仕事中はもちろん、プライベートでも積極的なコンタクトを避けていた。そうやって内側に積もっていく苦悩が、ワスレナを一層やつれさせた。

『最近どうした？　ワスレナ』

自分が原因とはいえ、ワスレナの変調が目に余ったのだろう。昨夜シメオンは、気遣わしげな口調でそう尋ねてきた。

『……ディンゴとの接触がつらいなら、そう言え。私かフレドリックが相手をするようにする』

こちらを心配しているようでありながら、先日の一件と併せて考えれば、その意図は明白だ。未練がましく、お前を捨てたはずの神につきまとうのはやめろと、彼は言いたいのだ。

そうして自分はワスレナをやきもきさせながら、ヴェニスとの接触を図ると言うのか。

最初の頃のように長居こそしなくなったが、今でも毎日彼の独房へ入り、通話システムを切って何事か話しかけているのは丸分かりなのに。

一番はあなただと、あんなにはっきり宣言したのに。むしろディンゴとの繋がりを正々堂々と断ち切るために、努力していたのに。

『私とのセックスも、嫌ならちゃんと断れ』

さらなる提案に頭の中が真っ白になる。目眩で倒れそうになりながら、ワスレナは懸命に言葉を絞り出した。

『……大丈夫です。一度引き受けた仕事ですから、僕が最後までやります』

舐めないでほしい。親に捨てられても、ディンゴに捨てられても、シメオンに一度半身誓約を解除されても、たくましく生きてきたコンセプションなのだ。

『セックスだって、断ったりしません。僕は……、僕はいつか、あなたの子供を産む、ただ一人のコンセプションなんですから』

昨日も一昨日《おととい》も、内心反発を覚えながらもベッドへの誘いを断らなかったのはそのためだ。ディンゴなど過去の残影にすぎない。今一番愛している男の求めに応じる気持ちは常にあると示し、願わくば二人の愛を形にするために。

子はカスガイとやらに、ならなくても。フレドリックのように、ゴールデン・ルールの事情で産んだ子供に振り回されることになっても、その座だけは譲れない。

感情を抑えて突っぱねると、シメオンからも制御しきれない激情がぶわりと放たれたのが分かった。そのまま彼は、ワスレナを乱暴にベッドへ突き飛ばした。

反射的に起き上がろうとするワスレナを強大なインペリアルオーラが押さえつける。彼の本気を感じ取り、抵抗をやめたワスレナから衣服を剝ぎ取るシメオンの緑眼は飢えた獣に似ていた。

おざなりな愛撫もそこそこに四つん這いにされ、尻を割られる。慣れた体は痛みこそ覚えなかったが、すっかりシメオンを覚えたはずの穴はひどく軋《きし》み、互いに快楽よりも苦痛をもたらした。それでもシメオンは行為をやめず、レイプまがいにバックからワスレナを犯しながら、大きく口を開けて何度も執拗にうなじに歯を立てたのだ。

インペリアルがコンセプションと半身誓約を結ぶ際、嚙みつく部位は相手のコンセプションによって差があるが、大抵はうなじである。ワスレナも、カイもそうだった。だが、すでに片翼《ベターハーフ》となった仲で同じ儀式を繰り返す必要はない。

ただ、前にも一度、似たような状況で傷口を嚙まれた時があった。――あの時も、ディンゴが関係していた。ディンゴとの関係を疑ったシメオンは、自分たちの絆を思い出せとばかりにワスレナの痛みもお構いなしで嚙みついてくるのだ。

過去も現在も、ワスレナに非がなかったとは言わない。しかし過去はまだしも、今の自分たちは本能で繋がれた仲ではないか。ワスレナがやっと手に入れた、二度と裏切られることのない、確かな絆を共有する二人ではないか。

「おい、どうしたワスレナ。人がせっかく」

「うるさい‼」

激しい叫びにディンゴが目を見開き、データを見ながら見解をすり合わせていたシメオンとフレドリックも驚いたように振り返った。注目のトライアングルの真ん中で、ワスレナはかーっと赤くなる。

「ご、ごめんなさい、ディンゴ様……あ」

パニックが懐かしい呼び方を復活させた。その声も耳に入ったらしく、シメオンの瞳に火花が散る。強い怒りがまき散らされ、ワスレナのうなじの傷を炙《あぶ》った。

「あ、シメオン博士！」

ぱっとどこかに向けて歩き出したシメオンに、フレドリックが必死に追いすがる。

「ちょっと！　もー、だめですって！　ワスレナさんの言い分も聞いてあげないと‼　あーくそ、足長いから足早い！　俺もまーまー長いし早いけど‼」

いまいち緊張感のないフレドリックの嘆きも、今は慰めに足りない。呆然と立ち竦むワスレナを見つめるディンゴの瞳が柔らかくなった。

「ゴールデン・ルールの連中に言いづらいことであれば、私に話せばどうだ？」

語りかけてくる声も極めて柔らかく、甘い。拾ってもらえはしたものの、残酷な実験の繰り返しに疲れ果て、泣きじゃくるワスレナをあやした時と同じ声だった。

「通話記録は残るということだが、そんなもの、操作でどうにでもなるだろう。吐き出すだけでも楽になるぞ、ワスレナ」

甘い声。優しい言葉。何回も信じては、そのたびに裏切られた。アジトがゴールデン・ルールの襲撃に遭ったあの日、ヴェニスは連れて行ってもらえたのに、ワスレナは置いて行かれた。

本当は信じてなんかいなかった。信じたかっただけだった。コンセプションにばかり冷たいこの世界で、差し伸べられる手は稀《まれ》だ。選ぶ余裕などなかった。たった一人の味方を失いたくない、それだけが全てだった。

「……うるさいぞ、ディンゴ!!」

今は違う。ワスレナにはシメオンがいる。そのはずなのだ。運命は、自分を見放してはいなかったのだ!

「僕はもう二度と、貴様なんかに騙《だま》されない!!　絶対に絶対に絶対に……!!」

絶対。その言葉こそが絶対のお守りであるように、あるいは呪《のろ》いであるようにまくし立てるワスレナの後ろに長身の人影が立った。

「ワスレナ」

シメオンだ。斜め後ろに控えたフレドリックが連れ戻してくれたらしい。頭が冷えたのか声音は落ち着いており、怒っているようではないが、今はワスレナ側の問題が大きかった。

「申し訳ありません……僕、今日は、先に戻ります。ディンゴ、の体調に、異常はないようです」

最低限の報告だけしたワスレナは、誰の顔も見ず早足にラボを出た。フレドリックが呼びかける声がかすかに聞こえてきたが、応じる余裕はなかった。

逃げ込んだ先もシメオンと暮らす部屋だ。そこかしこにある彼の気配に、温もりと薄ら寒さを同時に感じる。変な時間に仲違《なかたが》いをしてしまったが、夕食の支度はどうしようか。まとまりのない思考の全てに、心底嫌気がした。

「週末に出かけるの、やめようかな……」

気づけばそこまで迫ってきた約束について考えた瞬間、もう一段階心が重くなる。業務というクッションのない状態でシメオンに会うのがつらい。みっともないところを見せてしまったフレドリックに会うのもつらい。

そして誰よりも、カイと顔を合わせづらい。

片翼《ベターハーフ》はソープ・オペラで人気の題材だ。ヒロインの座は長くエリンをモデルとしたコンセプションが務めてきたが、カイがセブランと結ばれたことによって彼がモデルのものが流行し始めた。閉じ込められた家の奥で、両親がチャンネル契約を渋ったため、台詞を覚えてしまうほどに見続けたソープ・オペラは大抵そういう筋立てだった。

　ダウンタウンで生まれ育ったコンセプションが、身分を隠してさすらうインペリアルと出会い、すれ違いを重ねた上で結ばれる。最後は産まれた子供を抱いて、完全無欠のハッピーエンド。判で押したようにお決まりのラストシーンは記憶にべったりとこびりついている。

　スターゲイザーに初めて連れて来られた時から、カイは一貫してワスレナに優しい。いい意味でコンセプションらしくない、頼り甲斐のある兄貴分だ。現時点で自らのいたらなさ、情けなさに押し潰されそうなのだから、彼やステファニーを逆恨みするような真似だけはしたくない。

「……でも、明日、会うんだよな」

　週末に出かけるのはあくまでプライベートの約束だ。こちらは最悪体調不良でキャンセル可能かもしれないが、ＳＴＨ対策についての会議は絶対に外せない。

　どうせ体調を崩すなら、つわりであればいいのに。ふくらむ気配のない薄い腹を撫でたワスレナは、疲れきった心と体をベッドに投げ出した。

　気づけば寝入っていたワスレナは、ウェアラブル端末にシメオンからのメッセージが届いていることに気づいた。遅くなるので先に寝ていてくれ、とのことだった。

特に理由が記載されていない、ある意味深いメッセージだったが、ワスレナにも理由を問い質《ただ》すだけの気力がない。分かりました、とだけ応じ、一人で食事を作ってシャワーを浴びて眠った。少し迷ったが、最近の癖でフレドリックの分も含め、三人分作ってしまった料理は一人分ずつ瞬間冷凍保存をし、「おなかが空《す》いていたらどうぞ」とメッセージを送っておいた。

何かに追いかけ回される悪夢にうなされ、うつらうつらしながら翌朝目覚めると、昨日の食事の残りは全てなくなっていた。少し心が明るくなったが、シメオンは「おはよう」以外何も言ってくれず、ぎこちない空気のままラボへ向かうことになった。

業務中も同じである。フレドリックはさかんに気を遣ってくれたが、彼の気の遣い方は「ディンゴが悪いんですよね。やっぱり痛い目を見せたほうがいいですよ」というものだ。

さすがにシメオンが止めるため、多少和みはするのだが、通話システムを切っていてもやり取りを察したのだろう。含み笑いをするディンゴの顔を見るとシメオンのまなじりは吊《つ》り上がり、また元の状態に戻ってしまう。そのたびにこっそりとフレドリックに治療してもらい、驚くべき早さで塞がったうなじの傷が、しくしくと痛むのだった。

このようにぎすぎすとしたムードながら、シメオンもフレドリックも優秀なので、解析業務自体は順調に進んでいるのが唯一の救いだ。どうにか今日の分の業務を終え、セブランたちとの合同会議に提出した資料に記載された成果はいい意味で日数に見合わぬもの。さすがだと、ＳＴＨの生産や売買状況を追っていた面々を大いに感心させた。

「血筋《ブラッドタイプ》研究に関わるとはいえ、薬学はお前の専門じゃないだろうに。フレドリックの補助があったにしても、お前はやっぱりすごいなー、シメオン。さすが俺の弟！」

冗談めかして褒めるセブランに対しても、シメオンの反応はいつもより一際淡泊だ。

「専門ではないので、要望に応じるために勉強しただけだ」

「……いや、まあ、そーゆーことだけどね……？」

はあ、とため息をついたセブランは、手応《てごた》えが微妙と見てさっさと話を切り替えた。

「なるほど。やっぱり、サンスポットの技術が流出したので間違いないな。ディンゴの体内から検出されたものと、大方の成分が一致している」

会議室の空中に表示された成分表を見上げ、セブランはそう結論づけた。

「ただ、早くも混ぜ物をして、独自開発をしようとしているやつらが出始めているな」

それは最初期に見つかったものと、一ヶ月後に見つかったものの成分を比べれば一目《いちもく》瞭然《りょうぜん》、であるらしい。まだ勉強不足のワスレナにはさっぱりであるが、確かに最初期のものに入っていなかった成分が後のものには追加されている。

「もともとはディンゴが自分に使うための、オーダーメイドドラッグでしたからね。そいつに普遍性を持たせるとなると、ちょーっと難しいでしょうが……ノーマルをインペリアル化させる薬の開発に、インペリアルが手を貸すとは思いにくいですし」

だがフレドリックの説明は、すんなりと飲み込めた。医療の分野もインペリアルの独占傾向が強い。自らの特権を侵害するような薬を、好き好んで開発し、普及させたいとは思わないだろう。

「だろうな」

セブランも同意見のようだが、別の見解も持っていた。

「けどな、こいつをうまく使えば、インペリアルのインペリアル性をより高められるってな方向に動くかもしれねーぜ。パーフェクト・プライマルの残党が、その線で研究を進め始めたって噂も流れてる」

公の場ではもう少し気取ったしゃべり方をするセブランであるが、扱っているものがものであるだけに、この場にいるのはゴールデン・ルールの内情を深く知る人間ばかりだ。だんだん砕けてきた口調で口にしたのは、彼とカイにとってはかなり因縁深い組織の名前である。

「パーフェクト・プライマル、ですか……？　また、懐かしい名前ですね」

ワスレナの記憶にも残っている組織名だが、その記憶は風化しかけている。ドロップアウトと呼ばれる、政争に負けてダウンタウンに逃げたインペリアルたちを中心とした彼等は、一時はかなりの勢力を誇っていた。しかしサンスポットの台頭と入れ替わるようにして影響力を失い、ワスレナがディンゴに拾われた時点で名を聞くことはほとんどなくなっていた。

「ただの噂だろ。バーソロミューの野郎は手下も含め、いまだに行方知れずだ」

よほど不快な思い出があるらしい。パーフェクト・プライマルのボスであり、年齢不詳の美貌を誇ったインペリアルの名を、カイはさも嫌そうに吐き捨てる。そういえばカイをモデルとしたソープ・オペラには、彼に目をつけるドロップアウトたちの組織がよく出てくることをワスレナは思い出した。

「この噂を信じているのは、パーフェクト・プライマルやサンスポットがなくなって、いよいよゴールデン・ルールに対抗する者がいなくなったと怯えているやつらだけ。ただの願望だろうよ」

「俺としても、そー願いたいところだけどねぇ……まーたぞろあいつらが歯向かってくるなら、今度こそギッタンギッタンにしてやらねーと」

しかめ面の片翼《ベターハーフ》とは対照的に、セブランの口調は冗談めいていたが、目は限りなく冷ややかだ。彼の全身から噴き出したインペリアルオーラも、普段の明るさが嘘のように冷たい。

「……おい、よせよ。下手に挑発に乗ると、寝た子を起こすことになりかねないぜ」

「はいはーい、分かってますよぉ」

若干不満そうではあったが、セブランも本気でパーフェクト・プライマルが黒幕だと考えているわけではない。カイをひどい目に遭わせた彼等が何かしでかしたら、ただちに報告するよう命じてある。カイがスターゲイザーで暮らし始めた頃から張り巡らせている情報網に引っかかってこない以上、愚かな願望の域を出てはいないのだろう。

「それじゃ話変わって、ワスレナが教えてくれたダードリー兄弟のことだけどな。……ワスレナ？」

「……あっ、は、はい！」

セブランとカイが話している間に、ワスレナの思考はいつしかインペリアル性の強化から飛躍し、ヴェニスに行われた違法改造へと流れていた。異常な量のフェロモンで、同じコンセプションすらぐらつかせる彼は、コンセプション性を強化されたとも言える。

同等の手術を受けたなら、より深くシメオンを繋ぎ止められるようになるのだろうか。

埒もない考えを振り切るように、ワスレナはダードリー兄弟についての調査内容へと視線を走らせる。

「ああ、弟のほうも捕まったんですね」

同じ内容を読み取り、シメオンがぴくりと目の端を引きつらせたが、それに気づいた者は誰もいなかった。

「ああ。美しい兄弟愛を発揮した兄貴のほうが、いろいろと教えてくれたんでね。お礼にうまいステーキを食わせてやったよ」

しれっと言い放ったセブランであるが、結果としてその程度の礼で正解だったようだ。

「しかし、残念ながら外れだ。自白剤を投与してみた結果、やつら兄弟の手持ちの情報にインペリアル化手術についてのものはあったんだが、外部に流した様子はない。兄弟より先にインペリアルになろうと、熱心に画策していたことは話してくれたけどな。自分で自分の手術をするわけにもいかねーから、兄弟以外で腕のいい執刀医を探してはいたようだが、いずれもインペリアルばかりで具体的な話をするまでに至らなかったようだ」

ダードリー兄弟はディンゴと似た境遇だ。二人とも優秀な頭脳を持ち、医学を含めた様々な分野の豊富な知識を持っている。だがノーマルとしては優れていても、しょせんインペリアルではないからと、差別を受け続けた不満によりディンゴに従っていたのだ。

「そうか。なら始末でいいな」

間髪《かんはつ》を容《い》れず断言したシメオンにセブランが苦笑する。

「そうしたいのは山々だが、あんまり簡単に殺すと世間がうるせーのよ」

「そうですよねー。自白剤だって、投与量はがっちり規定されてますし」

残念そうにフレドリックが合いの手を入れると、セブランも同意した。

「そーゆーこと。ゴールデン・ルールはジョシュア総帥の指揮により、人権擁護団体に生まれ変わってるからな。親父たちの代みたいに、好き勝手は……」

「……セブラン」

硬い声でカイが呼ぶと、セブランが少しばかり慌てた顔になる。

「あーごめんカイちゃん、そんな顔しないで〜。コンセプション差別の解消政策については、それでいいと思ってんのよ。血筋《ブラッドタイプ》格差を是正していくうちに、いつかはゴールデン・ルールの一強体制も崩れて、ノーマルやコンセプションの政治家がばんばん出てくる社会になるだろうしな」

皮肉を言っているつもりはなさそうだ。セブランは本当に、そういう世界が来ると思っているのだろう。

俺は今でもジョシュア兄貴ほどコンセプション寄りの考えを持てない、と公言しているセブランであるが、同時に冷徹なまでのリアリストだ。そもそもコンセプションが嫌いというより、自分にすり寄ってくる者が嫌いというのが正しい。じわじわとコンセプションへの差別をなくす方向へ傾き始めている、現実の流れを無視するほど愚かではない。

「ただ、現在一強状態の俺らにも、一強なりの苦労はあるんでね。気が抜ける場だと際どい愚痴も出ちゃうんだ。ワスレナもいるのに、ごめんな」

「……分かってる。分かろうとも、している」

「……ありがとね、カイちゃん。あと、やっぱムカつくから、もうバーソロミューの話は禁止な」

繊細なロマンチストの面をちらりと覗かせてから、セブランは本題に戻った。

「ハルバートとかいう男については、まだ行方が摑めていない。あいつ、本当に知り合いが多いんだな……ノーマルの、おまけにゴールデン・ルールが追っ手をかけてるやつだっていうのに、何人かのインペリアルが逃亡に手を貸した形跡がある」

「サンスポットとは別に、独自の情報網を築いていましたしね。あいつ本人に薬学の知識はないと思いますが、知り合いを辿《たど》れば、ドラッグを生産できるような連中が一人二人はいるでしょう」

インペリアルのように派手な美形ではないが、渋い男前であるハルバートの顔を思い出しながらワスレナは語った。

「人当たりが良くて、コンセプションにも比較的優しかったですから、ダウンタウンのどこかに匿《かくま》われている可能性もあるかもしれません。コンセプションは差別されている分、優しくしてくれる相手には恩義を感じる傾向が強いですから……」

ちり、と肌が焦げるような感触があった。

はっとしてシメオンを見やれば、彼は無言で顔を背ける。どうしたのか、気になったが、今は業務中だ。彼の片翼《ベターハーフ》としての態度を取らねば。

それに、今のやり取りでワスレナは一つ思いついた手があった。いい機会かもしれないと、さり気なく切り出す。

「薬学については、僕は本当にシメオン博士たちの助手しかできません。元サンスポットの面々の足取りを追うために、僕の力が必要なら……」

「えーっ、やですよぉ、シメオン博士と二人きりで研究なんてぇ！」

全て言い終わらないうちにフレドリックが不満を垂れた。シメオンからも、さっきより強い波動が飛んできた。セブランもなんとも言えない顔で首を振る。

「あー、うん。ありがてー話だけど、いいわ、ワスレナちゃん。こう言っちゃなんだけど、ワスレナちゃんが捜索に加わることで、手心を加えただなんだと難癖つけるやつが出るかもしれないし」

「そんな、僕は！」

とんでもないとワスレナは気色ばんだが、少し頭が冷えれば、セブランが心配するようなことも分かる。

「……いえ、でも、そう、ですよね。申し訳ありません、早計でした」

シメオンと距離を取れれば、と願っての申し出だったが、そこまで考えが至らなかった。うなだれるワスレナをカイが慰めてくれる。

「とんでもねーよ。ディンゴから情報を引き出してくれただけで、今は十分だ。俺たちが不甲斐なくてごめんな」

「こちらこそ……申し訳ないです」

何も悪くないカイに謝らせてしまったことが、余計に喉を締め上げる。……仮に捜索隊に加わってシメオンから離れたところで、今度は彼とセブランという、理想的なカップルと同じ職場になることも意識になかった。顔を上げられないワスレナの気持ちを引き立てるように、セブランがパン！　と両手を打った。

「はい、ここまで！　堅苦しい仕事の話はおしまーい！　あー肩凝った、ヒコーキもクスリも専門用語が多すぎるんだよなー」

それを聞いたシメオンが真顔で質問してくる。

「門外漢で努力が嫌いな兄貴にも分かるレベルに、ワスレナががんばって嚙み砕いた資料を作ってくれたんだが、そんなに難しかったか？　今日は途中で寝るような様子もなかったが」

「セブラン様、違います、まだまだ勉強不足の僕にも分かるようにしただけですから！」

慌てるワスレナのフォローを聞きながら、セブランは頰を引きつらせる。

「……お前、いつか絶対、その性格のせいで痛い目見るからな。ていうか、もう見て……あー、いーや」

突然の展開に戸惑っているワスレナをちらりと見て、セブランは口火を切った。

「んじゃ、こっからプライベートの話な。まず、週末のショッピングは中止」

「えっ」

ひそかな懸念事項がいきなり消滅したと思ったら、そんなものは比ではない爆弾が後に続いていた。

「その代わり、来週の週末から半月、俺たちに兄貴たち夫婦も加えて、プライベート・アイランドでバカンスすっから準備しとけよ」

最早《もはや》、驚きの声も出ない。ワスレナも、こういう時に一番騒ぎそうなフレドリックもぽかんと口を開けている。

「プ、プライベート・アイランド……？」

取り急ぎ、その単語の意味を知りたくて復唱したワスレナに、セブランは「そ。島一個、俺らのもんなの」と答えてくれた。比喩《ひゆ》でもなんでもなく、本当に一つの島が彼等のバカンスのために用意されているらしい。

あ然としながら見回せば、びっくりしているのはこの二人だけだった。カイとシメオンは静かに聞き入っている。彼等も急にこんなことを言われれば問い質すに決まっているのだから、とうの昔に話が通っていたようだ。

「え、あの、なんで……」

「そりゃもちろん、ワスレナちゃんとシメオンがぎくしゃくしてっからだよ」

セブランの回答は、ぐうの音も出ないほど明快だった。

「すぐ反論しないってことは、ワスレナちゃんもそう思ってるってことだろ？　まー、うちの馬鹿弟にも大いに原因ありだと思うけどな」

「……俺ばかりが悪いように言わないでくれ」

そっぽを向いてすねるシメオンを見て、セブランは仕方がなさそうに頭を掻《か》いた。

「二人の間のことだから、片方だけ悪いとは言わないけどな。なーシメオン、俺も大人げねーけど、旧サンスポットの連中の名前を出すたびに嚙みつきそうな顔すんのやめろよ。やれやれ、人間味が増したのもいいことばっかじゃねーなぁ」

言いざまセブランは立ち上がり、何を思ったかワスレナの席までやって来た。

「はい、立って立って」

「あ、あ、あの」

わけも分からず尻を浮かせたワスレナのパートナーには、セブランのパートナーがはっぱをかけている。

「おら、お前も立て、シメオン。フレドリック、お前は座ってろ！」

カイに言われるまま席を離れたシメオンは、大股《おおまた》に歩いてきてワスレナの前に立った。

入れ替わりにセブランが離れ、「ほら、ハグ！」とはやす。

先輩片翼《ベターハーフ》たちが、自分たちを気遣ってくれているのは十二分に理解している。この機会にシメオンと仲直りしたい気持ちもある。

「でも、ＳＴＨの件がまだ収束していない、こんな時期に……！」

いくらなんでも脳天気すぎだ。葛藤《かっとう》するワスレナの肩に手を置いて、シメオンは口を開いた。

「……こんな時期だからこそ、だ。今この時、ゴールデン・ルールの中心である私たちが、タイムレスウイングで飛ぶことに意義がある」

意外な単語が話題に加わった。当惑するワスレナに、セブランが横から説明をつけ加えてくれる。

「実はな、ワスレナ。これ、タイムレスウイングの安全性アピールも兼ねてんのよ」

「え?」

「お前も知ってのとおり、ディンゴはタイムレスウイングのロールアウト式典をぶっ壊してくれた。幸いにお前とシメオンの機転で死人は出なかったが、怪我人は出たし機体もクラッシュ。ダイヤ正常化の救世主が、一転してゴールデン・ルール非難の種となったわけさ。兄貴復活とディンゴが捕まったニュースのおかげで、そこまで叩かれはしなかったけどな」

絶大な人気のあるジョシュア復活のインパクトが大きかった上に、ディンゴがついにゴールデン・ルールに膝《ひざ》を屈した。タイムレスウイングはその犠牲となった、という筋書きは、主要なメディアが大々的に宣伝したこともあって概《おおむ》ねそのまま受け入れられた。

しかしながら、鳴り物入りで行われた式典に傷がついたのも確かだ。つつがなく全てが終わっていれば、サンスポットその他アンチゴールデン・ルール組織により乱されたダイヤも是正され、より一層ゴールデン・ルールの名声は高まっていただろうに。

シメオンとの結婚式も、もっと気軽に挙げられたかもしれなかったのに。

「だから、ひそかに修理して、大々的に飛ばす機会を待っていたっていうわけよ」

「ああ、だから、航空工学のラボと何度も連絡を……」

やっとその線が繋がった。一つ疑問が解消し、かすかに晴れ間を覗かせた勿忘草の色の瞳を、シメオンはしっかりと見つめる。

「ワスレナ」

肩に置かれたままの手に力がこもった。柄にもなく、彼は緊張しているようだった。

「互いに、言いたいことはあると思う。だが、それはここに置いてバカンスに行こう」

全てを話してくれるための緊張かと思ったら、その口から出たのはなんとも煮え切らないものだった。続きがあるのだろうかと、待ちの姿勢でいるワスレナから、シメオンはふっと目を逸らす。

「バカンスの間は、お前が食事を作ってくれなくても構わない……」

「……いえ、キッチンと食材の用意さえしてもらえれば、別にみなさんの分もまとめて作ってもいいですけど……」

さも苦渋の決断のように言われたが、今聞きたいのはそこではないのだ。いささか呆れているワスレナの顔を見ないまま、シメオンは小さくつぶやいた。

「……仲直りというのは、これじゃだめなのか？」

「……仲直りって、したことないんです？」

思わず聞くと、彼は真面目に記憶を辿っているようである。

「喧嘩というものを、あまりしたことがない」

「……俺や兄貴は、こいつはこーゆーやつって分かってるから、そんなに怒りもしねーできたからなぁ」

これはだめだと感じたらしく、セブランが苦笑気味に助け船を出す。

「他に友達も恋人もいなかったし、部下はシメオン様ーだし。……情緒が全然育ってない、でっけー子供の世話を押しつけてちまってごめんな、ワスレナ」

「ワスレナは私より年下だ」

「お前だって人のこと言えねーだろ、セブラン」

「シメオン、いい加減にしねーと、さすがにオニーチャンも怒るよ？　それとカイちゃん、カイちゃんだって喧嘩っ早さは治したほうがいいと思ってるからね？」

助け船を出したはずが、とんだ藪蛇《やぶへび》である。むくれたセブランがシメオンやカイとやり取りするのを、ワスレナはしばらく黙って聞いていた。

やがてその口から、ふーっと大きな息が吐き出される。かすかな苛立ちが混じっていることに気づいたのか、まだ肩にあるシメオンの手がかすかに震えた。

そういうところが、心底ずるいのだ。苛立ちを強めながら、翠緑の瞳を強く睨みつけて言った。

「ハグじゃ足りません」

「……なんだ。服か、宝石か、それとも家か？」

出会ったばかりの頃、やけくそでおねだりしたことを覚えているようだ。しかも揶揄しているようではなく、メモでも取らんばかりの真剣さで聞いてきている。こういうところも、嫌だと思った。

「そうですね。なら、家をいただきましょうか。あなたと離れて、一人でゆっくり暮らすために」

衝撃にシメオンの目が見開かれる。彼の受けたショックがワスレナの心を震撼《しんかん》させ、うなじの傷を軋ませる。精神と肉体の強い繋がりを、否応もなく実感させられた。

この痛みさえ、失いたくないと思っている自分も。

「――嘘ですよ。ハグして、キスしてください、博士。それでひとまず、水に……ッ」

ちょっと意趣返しをしてやりたかっただけだ。ワスレナだって、シメオンからの譲歩を逃したくはない。第一彼を傷つければ、ワスレナにも同じ痛みが返るのである。

そう思ってあっさり前言撤回したのだが、シメオンはジョークが通じない男だということを忘れていた。ぎらっと目を光らせたと思ったら、腰を抱かれて爪先が一瞬宙に浮く。押しつけられた唇の熱さに驚いて突き放そうとしても、離れないどころか逆に引き寄せられ、腰から臀部《でんぶ》に降りていく手が背筋をぞくりとさせる。

「ちょ、だ、だめです、キスだけ、キス……っ、ん、むぅ」

わめく唇の隙間から侵入した舌に反論は塞がれた。人前でこんな濃厚なキスをするだけでも恥ずかしいのに、その先までも厭《いと》わない激しさにブレーキをかけようと、ワスレナは必死になって厚い胸板をタップした。

どうにか願いが通じたようだ。キス以上に進まないままシメオンは体を離してくれたが、その表情は少し心配そうである。

「今のハグとキスで、満足してくれたのか？」

「いいです、大丈夫です、十分です……ッ」

煽《あお》るんじゃなかった。反省したワスレナであるが、胸に澱《よど》んでいた気持ちがある程度浄化されたのも事実だった。静観していたギャラリーたちを見回し、苦笑する。

「……申し訳ありません、みなさん。僕も、だいぶこの人に甘いです」

「……まあ、そーなっちまうよな。ムカつくことに」

カイも似たような展開になった記憶があるのだろう。同意の笑みを見せる彼の横で、セブランはなぜか自慢げである。

「ちぇー、いいなぁー。でも、いーですよーだ。俺だってプライベート・アイランドで、ワスレナさんとカイさんに甘やかしてもらうしぃ」

唇をとがらせるフレドリックに、シメオンは非情な一言を放った。

「馬鹿を言うな、貴様は留守番だ」

「なんでぇ⁉」

驚愕《きょうがく》したフレドリックは、結んだ髪を振り振り猛然とまくし立ててきた。

「えーっ、どうしてですか⁉　ひどーい‼　俺だって、ゴールデン・ルールの一員なのにぃ……‼　俺が愛人の子だから⁉　片翼《ベターハーフ》がいないからですかぁ⁉」

「そうじゃねえよ、フレディ。お前がゴールデン・ルールの一員だから留守番を頼みてーの」

口にしにくい属性を並べ、取りすがるフレドリックをセブランはまあまあ、となだめる。

「さすがにルミナリエ三兄弟全員がスターゲイザーからいなくなったら、いろいろやべーだろ。お前が影武者やってくれりゃあ、どうにかなるしな」

「ずるーい！　俺だって、ワスレナさんやカイさんとプライベート・ビーチでいちゃいちゃ」

「そー、それそれ、それがだめ」

最大の問題を口にした瞬間、すかさずセブランがさえぎった。

「お邪魔虫がいるとムードが壊れるだろ。なー、シメオン」

「まったくだ」

忌々しげに吐き捨てたシメオンは、改めてじっとワスレナを見た。

「結婚と順番が逆になってしまったが、子作り旅行だと思ってくれ、ワスレナ」

「……そこはせめて、新婚旅行と言ってもらえないですかね……？」

まんまとはめられた、という若干の悔しさもある。残されるフレドリックに対する申し訳なさもある。

――ヴェニスとの一件はどうなっているのか、説明してほしさもある。だが今はそれよりも、強く自分を求めてくれるシメオンと仲直りして、甘い一時を楽しみたい気持ちが大きかった。


ゴールデン・ルールの人々が避暑地として利用する絶海の孤島には、エルドラドという名がつけられていた。

古い言葉で黄金郷を意味するその島の大きさは、彼等が持つ権力からすればささやかなものだ。島にある建物もこぢんまりとしたホテルが一つ、灯台、ビーチのあちこちに散らばった休憩所、そしてゴールデン・ルール関係者専用のエアポートのみ。

エルドラドを取り囲むエメラルドグリーンの浅瀬は珊瑚礁《さんごしょう》に占められており、大きな船が停泊できるような港は作られていない。ボートなどで近づこうとしても、張り巡らされた不可視の柵《さく》や、ブイに偽装したラウンド・ガーディアンといったセキュリティに排除される。出入りを厳しく制限された、正しくプライベート・アイランドなのだ。

「ここは自然の状態で常夏の島なんだよな。台風なんかの、でかい災害以外は気候もいじってない。たまにスコールっていって、激しい雨風に襲われることもあるが、それもまたお楽しみだ」

順調な飛行を続けるタイムレスウイングの窓際にもたれ、セブランはエルドラドについての情報を説明してくれた。彼が今回の件についての旗振り役である。他の面々はソファにゆったりと腰かけ、飲み物や軽食をつまみながら、のんびりと話を聞いている。

ここはタイムレスウイングの中でも特別な席だ。席というより、部屋である。ホテルのスイートをそのまま持ってきたような室内は、空の上だということを忘れてしまいそうなほど豪華であり、体格の良さを誇るルミナリエ三兄弟が揃い踏みでも十分な広さを誇っていた。窓の外さえ見なければ、スターゲイザーの一室だと言われても信じてしまうだろう。

普段と大きく違っているのは内部の人間の服装だ。普段から隙を見て着崩すセブランが、南国の花々をあしらった派手な半袖シャツ姿であるのを筆頭に、ジョシュアもシメオンもあの潔癖なほどに白い礼服を着ていない。

古めかしい見た目とは裏腹に最新鋭の機能を持ち、寒暖の調節はもちろん防弾機能まで備えた優れものなのだが、「さすがに見た目が暑すぎるし、バカンス先でする格好じゃねえだろ」というセブランの意見はもっともである。彼の額にゴーグルよろしく乗ったグラサンは、ちょっとやりすぎではないかとも思えたが。

「はっ、アッパータウンの連中にとっちゃな」

片翼《ベターハーフ》と似たような、色鮮やかな鳥たちが描かれたシャツ姿のカイが鼻を鳴らす。セブランの制止役に回ることの多い彼だが、こういったイベントにはノる性格なのだ。なお、子作り旅行という名目上、残念ながらステファニーも留守番である。

「俺は自慢じゃないが、情報端末《キュービック・チューブ》すら制限されて、ウェザーニュースも見られなかった時期が長かったんだ。いつ雨が来るかなんて、大体分かるぜ。後で教えてやるよ、ワスレナ」

アッパータウンやミドルタウンの気候は完全に操作されているが、ダウンタウンの気候はよく言えば自然のまま、悪く言えば放置されている。中でもカイは、全世帯への配置が義務づけられている情報端末《キュービック・チューブ》に手心を加えられ、特別な契約なしでも見られるウェザーニュースも視聴できずに過ごしていたのだ。そのため鳥の飛ぶ高さなどから、天気の予測をする知恵が身についたのだという。

「お願いします、カイさん」

日焼けしやすいため、普段から着ている白いシャツの上からカイが見立ててくれたパーカーを羽織ったワスレナは素直にうなずいた。たくさんの果物が飛び散ったカラフルな柄はちょっと気恥ずかしいが、バカンス気分を盛り上げてくれている。

「僕は外に出ること自体があまりなかったですから、天気を気にすることもほとんどなかったんです」

同じダウンタウンの出身であっても、ワスレナはウェザーニュースは見ていた。ただし基本的にサンスポットのアジトのあったジオフロントから出してもらえなかったので、天気の移り変わりには詳しくないのだ。

「……そうか。なら、スコールも体験しておくか？　せっかくだしな」

ワスレナの境遇を思い出したカイが優しく言ってくれた。気遣いは嬉しいが、苦笑して首を振る。

「……いえ、いいです。あまり濡れたくはないので」

雨は嫌いだ。両親に捨てられ、ダウンタウンの路地裏で力尽きかけていたあの時、温《ぬる》い雨がまばらに降り注いでいたことを思い出してしまうから。あの日ディンゴと出会い、地獄から天国へ掬い上げられたと感じたが、すぐに別種の地獄へ突き落とされた。

せり上がる苦い記憶を振り払うように、心の中で首を振る。もう終わったことだ。今は彼とは違う男と、楽園のような島へバカンスに行こうとしているのだから、不愉快な思い出を掘り起こすのはやめよう。

そう、せっかくの機会はもっと有意義なことに使うべきである。話題を変えたい気持ちもあり、ワスレナは思いきってジョシュアとエリンに話しかけた。

「ジョシュア様やエリン様は、エルドラドに行くのは初めてではないんですよね」

「おい」

シメオンの少し驚いたような声が聞こえたが、構わずそのまま質問を続けた。以前から、彼等と話してみたいと思っていたのだ。

「あの島で過ごすに当たって、何かアドバイスなどありましたら、教えていただきたいんですが……」

一族に迎え入れられたとはいえ、忙しい義理の長兄夫妻とプライベートで触れ合うのはこれが初めてだ。まずは無難に、とっかかりとして振った話だったが、残念ながらジョシュアたちの耳には届いていないようだった。

「楽しみね、ジョシュア。お仕事を詰めた甲斐があったわ」

「そうだね。僕も、やっと君との時間が持てて嬉しいよ。復帰してからこっち、なかなかそんな機会がなかったから……」

「あら、あなたの復帰をこっそり準備している時は、大抵二人きりだったじゃない」

「意地の悪いことを言うね、可愛い人。それじゃあやっぱり、僕は復帰しないほうがよかったかな？　そうしたら今でも、君につきっきりで世話をしてもらえたのに……」

互いの手を握り合い、見つめ合う二人の瞳には愛する片翼《ベターハーフ》しか映っていない。ワスレナだけではなく、他の一切が今の彼等には意識に上らないようだった。

ジョシュアもエリンも総帥夫妻として公の場に出る時ほど仰々しくはないが、涼しげな生地でできたスリーピーススーツにサマードレスといった服装は、セブランやカイと比べればかなりフォーマルである。しかしながら、彼等の醸し出すお熱いムードは、いかにも浮かれたカップルである次男たちの比ではない。

家同士の付き合いがあるため、幼馴染みであったジョシュアとエリンの出会いは互いが十代前半の頃。結婚した時から数えても、もう二十年近くの付き合いのはずだ。合間にディンゴの裏切りというアクシデントがあり、満足に会えなかった期間があるにせよ、まるで新婚ほやほやのようなやり取りにワスレナは固まってしまった。

「邪魔をしないでおこう」

つぶやくシメオンの声は、心なしか悟りを帯びて聞こえた。

「……なるほど。シメオン博士もセブラン様も、ジョシュア様たちのああいったお姿を、昔から見ていらしたわけですか……」

そして、ディンゴも。最後の名前は口には出さず、喉の奥に押し留《とど》める。

ワスレナもジョシュアたちをモデルとしたソープ・オペラは嫌になるぐらい鑑賞してい

た。こういったシーンも記憶にあるが、あくまで視聴者へのサービスシーンだと思っていた。

ジョシュアの代理として、たまにニュースで見かけるエリンはぴんと背筋の伸びたレディだった。……ディンゴが語るジョシュアは、特に片翼《ベターハーフ》に甘いおぼっちゃんだという話だったが、ただのおぼっちゃんに彼があそこまで執着するとは思えない。絶大な人気も併せて考えれば、プライベートでもそっと静かに寄り添い合うような、大人の関係を築いているものとばかり考えていたのだが……

「そーゆーことよ。でも、エリンさんが特別なんだと思ってたからな。あの人以外のコンセプションは、どいつもこいつも目の色を変えてすり寄ってくるばっかりだったし？」

「……そうでしょうね。セブラン様レベルの、インペリアルが相手なら」

昔なら反発を覚えただろうが、今となってはインペリアルならではの苦労も分かる。控えめな相槌《あいづち》を打つワスレナの髪を、近づいてきたセブランがくしゃりとかき混ぜた。

「でも、俺もシメオンも、カイちゃんやワスレナに出会って、目の色変えて相手を求める気持ちってのが分かったからな。兄貴たちみたいに、時間があるなら臆面《おくめん》もなくいちゃつきたいって気持ちも。なー、シメオン」

「そうだ、ワスレナ」

立ち上がったシメオンが大股に歩いてきてワスレナの前に立った。セブランがかき混ぜた髪をわざわざ直し、言い放つ。

「兄貴たちより俺を構え」

本日の彼は無数の流星が尾を引く黒いシャツに、海のように鮮やかな青いパンツといった出で立ちだ。これもカイが見立ててくれたものであり、本当は他の面子《メンツ》のようにバカンスムードが漂う派手な柄物にしようと思っていたらしいが、「想像するだけで笑えるのでやめた」そうである。

「もちろんですよ、博士」

花柄の服を着たシメオンも、それはそれで一度見てみたいものだと思いながら、ワスレナはいつにない格好の片翼《ベターハーフ》に胸の高鳴りを感じた。ゴールデン・ルールを体現する白い礼服が一番似合うのだが、砕けた格好もとてもすてきだ。惚《ほ》れた欲目ではあろうが、ゴールデン・ルールとはインペリアルとしても最高峰の者たちが揃っている一族なのだから、何を着ていようが見惚《みと》れてしまうのは当たり前であろう。

「そして兄貴はワスレナに勝手に触るな」

「言うと思ったよ、バーカ！　いーもん、俺はカイちゃんに触りまくるもんねー!!」

ふくれっ面をしたセブランがカイに抱きつく。こういう会話だけ聞いていると、カレッジの学生と変わらないように思えるが、バカンスとは羽目を外しに行くもののはずだ。知識の上でしか知らないが、今は全ての憂いを心の隅に追いやって楽しみたい。

「博士も、エルドラドに行くのは初めてじゃないでしょう？　いろいろ教えてください。楽しいこと、いろいろ」

ジョシュアたちと話す機会はいずれ訪れるだろう。ひとまずはシメオンの機嫌を取ろうと、ワスレナはそう言った。

「僕、こうやって、その、家族のような人たちと……いえ、旅行自体が初めてなので、変なことをしてしまうかもしれませんが、どうぞよろしくお願いします！」

任務を帯びて出かけることさえ稀だったのだ。誰かと旅行などしたことはなく、まして家族旅行に同行させてもらえるとは思わなかった。胸を満たす感動をそのまま口にしたワスレナは、何やら気まずい空気が漂っていることに気づいた。

「あ……申し訳ありません。まだ、シメオン博士と法的に結ばれたわけでもないのに、図々しい……わぷっ」

みなまで言い終わらぬうちに、カイがぎゅっとワスレナを抱きしめてくれる。

「ワスレナ、最高の旅行にしてやるからな。楽しみにしておけ。それと、俺のことはカイ義兄《にい》さんと呼んでいいからな」

「ワスレナさん、目一杯遊びましょうね。私のこともエリン義姉さんと呼んでね。絶対よ」

わざわざ立ち上がったエリンにまで手を握られ、ワスレナは目を白黒させながら先ほどセブランを怒ったシメオンに視線で助けを求める。エリンは置いておいて、以前からカイとの仲に焼きもちを覗かせるシメオンであるというのに、なぜか彼も静かにうなずくばかりだった。

人気《ひとけ》のないエアポートに降りると、落日の光の置き土産《みやげ》のような暑い風がワスレナの髪を梳《す》いていった。

エルドラドは年間を通して気温は高いのだが、海に囲まれている割に湿度が低い。これは自然の風が常に吹き抜ける地理的条件のためだそうで、暑くても空気はカラリとしていて過ごしやすい。陽が落ちてきた今は、じっとしていると寒くなってくるぐらいである。

「ゴールデン・ルールのみなさま、ようこそおいでくださいました」

こんな時間だが、島の管理をしているインペリアルたちが恭しく出迎えてくれる。態度は丁寧だがかなり軽装だ。セブランやカイに負けず劣らずの派手がましいシャツを着ている。女性たちは鮮やかな生花を繋いだレイをつけて着飾っており、早速バカンスムードを盛り上げてくれた。

案内されたホテルもスターゲイザーのように権力を見せつけるような佇《たたず》まいではなく、丸太で組まれた素朴なものだ。ただし目に見えない部分に最新鋭のシステムが備わっており、雰囲気を楽しみながら何不自由なく過ごすことができるとの話だった。

「ジョシュア兄貴とエリンさんはこっち、俺とカイちゃんはこっち、お前とワスレナちゃんはこの部屋だからな、シメオン。荷物を置いたら、夕食にするんで食堂に集合」

「了解した」

セブランが寄越したキーを持って、シメオンは用意された部屋の扉を開ける。それは部屋というより、独立した一つのログハウスであり、中に入ると海に面した大きな窓が強く目を引いた。

「あ、鳥が……」

ベッドの上に荷物を置き、物珍しげにあたりを見回していたワスレナは、波打ち際へ半ば突き出すように作られたバルコニーに出た。見事な瑠璃《るり》色をした知らない鳥が、珊瑚礁に腹を擦《こす》りそうな高さを飛んでいく姿が薄闇にかすかに光る。

「うわあ、鳥までカラフルだ。あの鳥の飛ぶ高さは、低い、と見ていいんですよね？　海面すれすれですし」

タイムレスウイングの中でカイに習った知識を試してみようとすると、シメオンが妙な顔をする。

「……鳥が飛ぶところも見たことがないのか？」

「み、見たことはありますよ、それぐらい。カレッジに向かう途中とかで……あんな色の鳥は、初めてですけど」

最近はＳＴＨにかかりきりだが、普段のワスレナはシメオンの秘書のような役目をしている。今は休講にしているカレッジへ赴く際や、その他の場所へ移動する際には、途中で鳥ぐらい見かけはする。

といっても回数自体は多くない。そもそもインペリアルシティは管理が厳しく、人間の出入りと同じように動植物もセキュリティをパスしたもの以外は入り込めない。病原菌や生物兵器の類《たぐい》を警戒しているのだ。ワスレナが見かけた鳥も誰かのペット、さもなくば人の目を楽しませるために作られたロボットの類かもしれない。

「博士もインペリアルシティを滅多に出ないんですから、自然のままの鳥を見る機会はあまりないんじゃないですか？」

「確かにそうだな。ダウンタウンではよく、カラスを見かけたが……」

瞬間、わずかな緊張が室内を満たした。

ダウンタウンにてやさぐれていた時代のことは、シメオンにとって楽しい記憶ではないらしい。だが、それは無意味な逃避だったからだ。思い出したくないほど嫌なことではないそうで、このように時折話題に出る。

だから分かる。彼はダウンタウンの思い出を介して若き日の過ちとは別の何かに引っかかり、一気に機嫌を悪くした。それがはっきりと伝わってきた。

理由までは分からない。聞きたいのに、聞けない。

——ダウンタウン出身である、ヴェニスのことだったらどうしようかと思うと聞けない。

せっかくやって来たこの美しい島で、悲しい話をしたくない。

「あの……、ここは本当に、きれいなところですね。なんだか、夢を見ているみたいだ」

何気なさを装ってシメオンから視線を外したワスレナは、窓の外に広がる景色を見た。

スターゲイザーから見下ろす整った街並みもすばらしいが、ダウンタウンのジオフロントから出られない身であっても、遠くから眺める機会はあった。だが気づけば夜空に瞬き始めた星明かりを浴びて、ほんのりと銀色に輝く海の雄大さは未知のものだ。……タイムレスウイングが海に胴体着陸した時に見たと言えば見たが、手入れをされたログハウスのバルコニーからゆっくりと、それも片翼《ベターハーフ》と一緒に眺めるのはまるで意味合いが違う。

「ムービーの中にいるみたいだ。こんな景色、実在したんですね……」

自由のない環境で生きてきたワスレナにとって、美しい景色の記憶はほとんどが情報端末《キュービック・チューブ》で見たプログラムに由来している。ソープ・オペラでもたまに海でのデートシーンなどが出るが、人物に焦点が当てられていることが多く、純粋に風景を楽しめるような画面作りはあまりされていなかった。

「いつか、全てのコンセプションが、こんなきれいな景色を実際に目にすることができるようになるのかな」

「ここはインペリアルでも、おいそれとは来られない場所だ。コンセプションが来るのは難しいだろう」

「……でしょうね」

相変わらずのシメオン節に苦笑してしまうが、嫌な予感が消えただけでもよしとしよう。すぐに夕食なのだしと、気を取り直して室内に戻ったワスレナの頰を、シメオンの手が出し抜けに包んだ。

「だが、いつか、そういう日が来るかもしれんな」

彼はいつもの手袋をしていない。ダイレクトに伝わる熱は、海風に少し冷えていた頰から伝播《でんぱ》して、一瞬で全身を満たす。交わす瞳の間でその熱はさらに大きく、ふくらんでいく。

「俺とお前の子供が大きくなって、次の世代を育むようになったあたりでは、そうなっているかもしれない」

「……博士……」

子作り旅行だと言われて連れて来られはしたが、レイプまがいに抱かれた夜以来、この話題について真剣な話をしたことはなかった。眉間《みけん》に薄くしわすら寄せた表情の真摯《しんし》さに釣り込まれ、目が離せない。

「ジョシュア兄貴はコンセプションを救いたいと願っていた。セブラン兄貴はコンセプションを嫌っていた。俺は、コンセプションに対し……いや、家族以外の誰にも、取り立てて感情を持たずに過ごしてきた」

「……あなたにはコンセプションのフェロモンも効きませんし、家族以外の誰かに下手な感情を持てない立場でしたものね」

シメオンに近づきたがる輩《やから》は、スターゲイザーの中にも外にも大勢いる。スターゲイザーの中はワスレナの存在がある程度公表されていることもあり、さすがに少なくなったが、カレッジに行けば彼の講義の最前列を占めるのは華やかに着飾ったインペリアルばかり。

その優秀な頭で航空工学を修めたいわけではなく、ゴールデン・ルールという、より高いステイタスを求めているだけである。講義のアシスタントを務め、手抜きも著しいレポートのチェックもしているワスレナの目には歴然としている。

コンセプションはいまだ大部分がダウンタウンに閉じ込められているため、彼の日常生活の中では遭遇率が低い。とはいえ、発情したコンセプションに体をすり寄せられて不快な思いをしたことは絶無ではないらしい。

だからといってノーマルが安全圏というわけでもなく、シメオンとコンタクトを取れるようなノーマルは、下手をするとインペリアルより野心に燃えている。おかげで決まった相手を部下にできない、すぐ色目を使い始めるからと、出会って間もない頃に聞いていた。

今はワスレナがいるとはいえ、いかんせん片翼《ベターハーフ》として紹介された範囲が狭いのだ。無差別な色仕掛けへの対抗策としては不十分である。そして全世界に正式なパートナーとして紹介されたとしても、シメオンたちの父親のように、浮気相手を見つけてくる可能性は否定できない。

飛躍した発想に苦しむワスレナをよそに、先日「今後一生、お前しか抱かない」と宣言したシメオンは話し続ける。

「そうだ。その必要もないと思っていたしな。だから正直、感情に振り回される連中を愚かだと思っていた」

セブランなどは実は寂しがり屋のロマンチストで、自分にすり寄ってくる連中を嫌いつつも、人との触れ合いを求めていたのだとカイが聞かせてくれたことがある。だがシメオンはもともと学者肌で、人との関わりに興味が薄かった。頼みもしないのに押しかけてくる人々が、生来の傾向にさらに拍車をかけたのだ。

もっともワスレナは、幼いシメオンが飛行機に瞳を輝かせていたとデータを見て知っている。ダウンタウンで荒れた時を過ごすなど、彼にも葛藤はあったはずだ。

「あなたも本当は、自分が思っているよりも感受性が豊かなんじゃないかな。僕と出会ったことで、昔の素直な感性を取り戻してくれたのなら嬉しいです。傷つきやすさにも、繋がりますけれど……」

ワスレナ自身にも当てはまる解釈を述べると、シメオンは少し驚いたような顔をした。

「……そうかもしれんな。お前はいつも、新しい視座を提供してくれる」

その目が、再び苦悩に歪む。

「どのみち、今は愚かだとは思っていない。むしろ、感情に振り回される経験の少なさがもどかしい。聞きたいことも、伝えたいこともあるのに、どうしていいのかよく分からない」

苦しげな声を聞かずとも、ワスレナにも彼の苦悩が伝わってくる。人間味が増すのもいいことばかりじゃないと、この間セブランがぼやいたのを思い出した。

「こういう島に、お前が来たことがなくてよかった。きれいな海も、色鮮やかな鳥も、俺が最初にお前に見せたい。……それぐらいしないと、勝てない」

「勝てない……？　あ」

奇妙な言葉を聞き返そうとしたワスレナの爪先が宙を蹴《け》る。シメオンがその体を抱き上げて、ベッドの上にぽふんと降ろした。海風にさらされ、冷えたシーツの感触が火照《ほて》り始めた肌に心地よい。

迫ってくる端正な顔。漂い始めたインペリアルオーラは、己のメスに対するオスの宣言だ。これからお前を食べ尽くすと、飢えた瞳が言っている。

「シ、シメオン博士、あの」

「夕食は別で食べると、兄貴たちにはもう連絡した。どうせお前が作るのではないのだから、出来たてではなくても構わない」

ワスレナの危惧《きぐ》に対する答えはすでに用意されていた。おそらく鳥を見ている間にでも、ウェアラブル端末から連絡したのだろう。

しばし絶句したワスレナの手首で、ウェアラブル端末がメッセージの到着音を発した。

夕食の連絡が行き違ったのかと思い、ディスプレイに目をやると、発信者はシメオンの兄たちではなかった。

「あ、フレドリック」

エルドラドへ出発した直後より、「いいなーいいなー」「次は俺も連れて行ってくださいね！」と頻繁に連絡を寄越すフレドリックだった。甘えてくるだけではなく、ＳＴＨの解析状況やディンゴの様子なども織り交ぜてくるので、頻繁すぎると突っぱねることもできないのだ。

何より、一人だけ置いて行かれた寂しさは理解できる。やはりフレドリックはゴールデン・ルールであってゴールデン・ルールではないような、中途半端な立ち位置に傷ついているのではないだろうか。そんなことを考えながら内容を読み取ろうとしたワスレナの手首から、端末が消えた。

シメオンの指先が留め具を外し、摑んで枕元《まくら》に放り投げたのだ。

「兄貴より、弟より、俺を構えと言っているだろう」

再び絶句したワスレナであるが怒る気にはなれなかった。似たような顔の甘ったれ兄弟の、どちらを選ぶかは明白なのだ。揺れる心を鷲《わし》摑みにするような強引さも今は嬉しい。

この間、噛みつかれたうなじが熱を持ち始めている。傷痕《きずあと》はフレドリックのおかげできれいに消えているが、痛みの記憶はあった。いまだ語られないヴェニスのことなども含め、全ての疑念と不安を払拭《ふっしょく》するために、常にも増してシメオンに求められている実感がほしい。

「……そうですね。ベッドで他の男の名前を呼ぶなんて、ルール違反でした」

ごめんな、フレドリック。だけど、本当に緊急の用事なら、シメオン博士にもちゃんと連絡しているだろう？　君はそういうやつだ。かわいこぶった彼のしたたかさに理解が及んできていることも、頭を切り替える一助となった。

「でも、夕食より先に僕を食べていいですか？　博士。おいしいものを先に食べると、後が入らなくなるかも……」

開放的な気分も手伝って、ワスレナは珍しく大胆なことを言って彼の首に手を回した。直後、せっかくカイが見立ててくれたパーカーを引き裂かれそうになって慌てる。

「ちょ、ちょっと、ちょっと待ってください、落ち着いて……！」

実感がほしいとは思ったが、乱暴に扱われたいのではないのだ。ストップをかけようとしたワスレナだったが、先日のごとく乱暴に扱われたいのではないのだ。

「いや、今のはどう考えてもお前が悪い！」

強引にまくり上げられたパーカーとシャツは、ぎりぎりで損壊を免れた。代わりにきつく吸いつかれた乳首に甘い痛みが走り、もう片方は執拗に捏ね回されてピンと硬くとがる。

「ん、ンァ、や、僕、ばっかり……」

ズボンも下着もなすすべもなく引き下ろされていくのを感じながら、ワスレナは切れ切れに訴えた。

「ああ、分かっている……」

荒い息を吐きながら、シメオンもカイが用意したシャツを脱ぎ捨てる。いつもと違った簡素な服のおかげで、彼もあっという間に全裸になった。そしていつもと違う場所のせいか、淡い星明かりを浴びた彫刻のような肉体は、神秘的にすら見えた。

ふと、雨音が耳をかすめた。鳥の先触れが示したように、例のスコールとやらが始まったようである。

海面を叩く激しさを一瞬だけ窓の外に確かめたワスレナは、すぐにシメオンへと目を戻した。つらい記憶と結びついた雨の中、この人と抱き合える幸福を失いたくない。強くそう思ったワスレナは、恥じらいを捨て、自ら進んですんなりとした足を開いてみせた。

「来てください、博士……早く、あなたが、ほしい……」

発情フェロモンが強く香る。その中心は緩やかに頭をもたげており、奥に秘められた穴は蜜《みつ》を分泌し始めていた。そのくせ自覚なく雨音に少し怯えている表情が、たまらなく劣情を誘う。

「……！　てめえ、覚悟はできているな、ワスレナ……!!」

荒々しく叫んだシメオンが覆い被さってくる。その温もりに包まれて、雨の音はすぐにワスレナの意識から剝がれ落ちていった。フレドリックは何度もメッセージを送っていたが、放り投げるついでに電源を切られたワスレナの端末が反応することはなかった。

なお、当初シメオンは後から食堂に行くつもりだったらしいが、抱き潰されたワスレナが起き上がれない状態になったので、夕食はログハウスまで届けてもらうことになった。

スコールが過ぎた翌朝は見事な快晴だった。各ログハウス同様、大きな窓から海が臨める朝食の席にて、三組の片翼《ベターハーフ》たちは一堂に会した。

昨夜のことを盛大にからかわれることを覚悟していたワスレナであるが、なんのことはない。昨日の夜は全員がそれぞれのログハウスにこもりきりだったそうである。

「まあ、そのために来たんだしね」

「もちろん、他のことも楽しみたいけれど、海を臨むすてきなログハウスにいたら気持ちが盛り上がるものよね」

　ジョシュアとエリンに先頭切って言われてしまっては、下手に恥ずかしがるのも失礼というものだ。少し肩の力が抜けたワスレナは、隣のカイに脇腹を突かれた。

「競争だな、ワスレナ」

「え？」

「俺はこの旅行で、二人目を授かるつもりだから」

　焼きたてのパンを頬張りながら宣言されて、一瞬返す言葉に詰まった。思わずエリンを見てしまいそうになり、慌てて自分を戒める。

「まあ、でも、そんなに気張るなよ。相性がどうこうじゃなくて、俺が単純に妊娠しやすいんだろう」

　カイもエリンを気遣ったのだろう。体質の問題だ、と断言したが、セブランはどうやら昨夜、姉さん女房にいい思いをさせてもらったようだ。

「そーゆーことよ。ま、俺が兄貴やシメオンより上手って可能性も……あいて！」

　間髪を容れずカイがセブランの足を踏んだまでは想定内だったが、エリンが脇腹に肘《ひじ》を入れたのは想定外だった。

「失礼ね、セブラン。上手下手の話で言うなら、私はとっくに妊娠しているはずだわ」

「ありがとう、エリン」

　義弟の無礼を物理でも諌《いさ》めたエリンを愛《いと》おしげに見やったジョシュアが口を開く。

「でも、本当に僕のせいかもしれないよ。子供ができたら、君の愛情がそっちに向かってしまわないかと心配しているのが悪いのかもしれないね」

「うふふ、相変わらずお上手ね。大丈夫、一番大切な人が一人増えるだけよ」

微笑んだエリンとジョシュアは、相変わらずのお熱いムードである。——こういうやり取りを、ディンゴはどんな気持ちで見ていたのだろうと考えたワスレナは、慌てて頭を振って食べることに集中した。

昨夜体力を使いすぎたせいだろう。そもそもルミナリエ三兄弟は全員健啖家《けんたんか》であり、彼等の愛するコンセプションも食欲は旺盛《おうせい》なほうである。たっぷりと食事を摂った後は、運動しようという話になった。ただし健全な運動だ。

「ぐるっと島一周、案内がてら、のんびり散歩するってのがいいんじゃね？」

セブランの提案に、共にエルドラドが初めてのカイとワスレナはうなずいた。

「初日はそれがいいだろうな。泳ぐのは昼を過ぎて、もっと暑くなってからのほうが気持ちいいし」

普通に泳ぐ以外にも、小型のクルーザーに乗っての釣りやスキューバダイビングなど、海でできそうな娯楽はなんでも揃っていると聞いている。いずれもワスレナにとっては映像で見たことしかないものばかりだ。わくわくと心が躍った。

「いいですね。僕、スキューバって憧れがあったんです。昔見たムービーで、珊瑚礁の海に潜っていく映像が、とてもきれいで……」

バカンス気分に盛り上がったワスレナが、子供のようにはしゃいだ声を上げる。シメオンが即座にウェアラブル端末に視線を落としたのはスキューバダイビングの用意をさせるためだが、直後にピー、と無粋な電子音が鳴り響いた。

彼のものだけではない。二人の兄たちの端末も同じ音を発している。代表してジョシュアが申し訳なさそうに眉を下げた。

「ごめん、僕はちょっと、仕事の連絡が来たみたいだ」

「……俺も」

「……同じく」

セブランとシメオンも盛り上がりに水を差され、ぶすくれた声を出す。今日はオフだと突っぱねられない用事であるらしいと察したエリンが苦笑して代案を出した。

「ゴールデン・ルールの総帥たちが一緒じゃ、百パーセントのバカンスとは、なかなかいかないようね。それじゃあ、コンセプション同士で少しお散歩でもしない？　カイ、ワスレナ」

「ええ、もちろん」

「は、はい！」

颯爽《さっそう》と返事をしたカイの横で、ワスレナは少々上ずった声で返事をした。

海辺を目指して歩く三人のコンセプションたちに向かって、爽《さわ》やかな潮風が吹きつけてくる。

昨日と同じく、バカンス仕様の軽装で揃《そろ》えた彼等《かれら》のシャツやスカートの裾《すそ》が涼やかに翻る様は一幅の絵画のように美しかった。容姿に優れた者が多いコンセプションの中でも、三人三様の美貌《びぼう》は群を抜いている。

だがワスレナやエリンはとにかく、初見でカイをコンセプションだと見抜く者は少ないだろう。ルミナリエ三兄弟という比較対象が側《そば》にいない今、平均より背が高く引き締まった肉体を持つ彼は、線の細い二人を守る気高きナイトにしか見えない。

「きゃっ」

少し強い風が吹いた。明るい藍《あい》色のサマードレスを着たエリンの頭から、つばの広いストローハットが飛ぶ。

「おっと」

次の瞬間、軽くジャンプしたカイがすかさずキャッチした。手に取った帽子を恭しく胸に抱き、エリンに向かって差し出す。

「悪戯《いたずら》な風の無礼をお許しください、レディ。きっとあなたの美貌を直接拝みたかったのでしょう」

決め台詞《ぜりふ》まで堂に入ったものだ。女性に優しい青年とは聞いていたが、セブランやステファニーと一緒にいるカイにその一面を見る機会はなかった。ムービーの登場人物のようなしぐさにワスレナは目を丸くし、エリンはくすくす笑った。

「女性の前では、あなたって下手なインペリアルよりもすてきな男性よね」

「女性を大事にしろと言われて、育てられてきましたからね」

堂々と言ってのけたカイは、ワスレナにも見事なウインクを飛ばす。

「それと、年下もな、ワスレナ。俺は女性や年下に頼られるのが好きなんだ。何かあったら言えよ」

カイもまた、シメオンとの間に流れる不協和音を心配してくれているのだろう。シメオンが側にいない今、彼との状況について聞き出したいと思っているようだ。

しかし今のワスレナにとって、いかに頼り甲斐《がい》のある兄貴分であっても、二人目の子を作ろうとしているカイに相談するのは少し難しかった。今のチャンスを生かすなら、より会う機会の少ない人との話を優先させたくもあった。

「それでしたら、誠に申し訳ないんですが……エリン……義姉《ねえ》様と二人きりで、お聞きしたいことがあって」

「ディンゴのこと？」

不審を抱かれる覚悟をしていたところ、逆にあっさりと言い当てられ、かえってワスレナは反応に困ってしまった。

「そ、れは……その、そうなん、ですけど」

「いいわよ。それじゃあカイ、申し訳ないけれど、外してくれる？」

「ええ。シメオンにも黙っておいてやるよ、ワスレナ。その代わり俺のことも、早く義兄《にい》さんって呼んでくれよな」

カイも不快感を示すことなく、笑ってひょいと適当な曲がり角を曲がっていった。

「……ありがとうございます、カイ……義兄さん」

せっかくの申し出を不躾《ぶしつけ》な形で使ったというのに、怒りもせずに去っていくカイ。エリンの言うとおり、下手なコンセプションより器の大きい青年だ。彼を片翼《ベターハーフ》としたセブランは幸せ者である。

だが、シメオンの片翼《ベターハーフ》は自分なのだ。カイではない。ヴェニスでも、ない。ならばワスレナが、ここで踏ん張らねばならない。

「あの、急に変なことを言って申し訳ありません、エリン義姉様。もしご不快にさせたなら……」

取り急ぎ、義姉に唐突な願いを謝罪すると、エリンはふんわりと笑って首を振った。

「そう固くならないで。私もあなたと、ディンゴのことを話したいと思っていただけよ」

話しながら歩くうちに二人は波打ち際まで辿《たど》り着いた。打ち寄せる波と風が天然の防音壁となり、よほど近づかない限り話している内容は聞こえないだろう。大きなビーチパラソルの陰に置かれたウッドベンチに座ったエリンは、透明度の高い海に視線を投げながら口火を切る。

「ディンゴは、あなたにとって命の恩人だそうね」

「……ええ。僕は、あの人に拾ってもらったおかげで生き延びました」

同じベンチの端に座り、ビーチパラソルの影に守られていながらにして、温《ぬる》い雨の音が記憶のドアをノックする。ゴールデン・ルールの偉業を喧伝《けんでん》する飛行船が飛ぶ下で、死にかけていたワスレナを助けてくれた金色の神。奇跡がようやく、自分を振り向いてくれたのだと思っていた。

「その代償として、彼のインペリアル化の手伝いをさせられたんでしょう？　しょうがない人。なまじ優秀なものだから、ノーマルの頂点では満足できなかったのね」

ディンゴにジョシュアを襲われ、長く療養生活を送ることを余儀なくされたというのに、エリンの口調に恨みはなかった。彼のせいで、ジョシュアとの愛の結晶を育む機会を失っていたというのに。

「ジョシュアもディンゴの扱いには悩んでいたわ。あれだけ優秀な人なのだから、ゴールデン・ルールの誰《だれ》かと結婚してもらって、彼を一族に取り込むような話もあったの。でも

ディンゴには、それでは足りなかった。どうしても、ジョシュアを超えたいと思っていた
……」

その話は初耳だ。だが、傍目《はため》には最高の栄誉を蹴《け》ったディンゴの本心は分かった。

「ディンゴ様……、じゃない、ディンゴは、本当はあなたになりたかったんだと思います」

「でしょうね」

喉《のど》を締めつけるような緊張を覚えながらの指摘を、エリンはあっけらかんと肯定した。息を呑《の》むワスレナに少し微笑《ほほえ》んで、

「でも、それをはっきりと口に出して言うには、プライドが高すぎたから。だからせめて、インペリアルになって、大好きなジョシュアを見返してやりたかったのね」

「……ご存じだったんですか」

深いため息と共につぶやくと、エリンはそりゃあね、と笑った。そういう表情はジョシュアによく似ている。

「長く一緒に過ごしてきたんだもの。ジョシュアが絡むと分かりやすいのよ、ディンゴって」

ジョシュアとエリンは幼馴染《おさななじ》みのようなものであるが、ディンゴとジョシュアも互いに十代の頃からの知り合いだ。つまりはエリンも、かなりの長期にわたり、彼等と時を過ご

している。二人の間を行き交う感情には当然気づいていたのだろう。

「……ジョシュア様は、ディンゴのことを、どう思っていたんですか」

「口は悪いし態度も大きいけど、とっても優秀で、スターゲイザーの外の世界のことを教えてくれる、大切な友達。ジョシュアがコンセプション……いいえ、血筋《ブラッドタイプ》による差別を解消しようとしているのは、彼の存在も大きいと思うわ」

より危うい質問にも、エリンはすらすらと答えてくれる。その澱《よど》みなさは本当に、彼女がワスレナと話したがっていたのだと実感させた。この秘密を共有できる誰かを、彼女はずっと待っていたのだ。

「それ以上の感情も、きっとあったでしょう。でも、ジョシュアは誠実で、小さい頃から私にぞっこんなの。それに、新しい世界のインペリアルを目指している人だから。義理のお父様たちのように、大勢に愛を振りまくつもりはないのね」

表現は柔らかいが、義理の両親に対する評価には手厳しいものがある。彼女もジョシュアの思う、新しい世界のインペリアル――コンセプションを差別せず、望まれることを理由に無闇《むやみ》とセックスしたりしない、節度ある姿を是としているようだ。

「そうですね。僕も、その意見には賛成です。フレドリックのような存在を、増やすべきではないと思っていますから……」

今頃スターゲイザーですねているだろう、フレドリックの顔を思い出しながらワスレナは同意した。今朝方《けさ》放り出されていたウェアラブル端末をチェックしたところ、電源をオンにした瞬間に恨みがましいメッセージが次々届き、苦笑したものだ。

「そうね。あの子もあの子のお母様も、納得ずくのこととはいえね……」

エリンもフレドリックについては思うところがあるようだ。微妙に言葉を濁した。

幸か不幸かフレドリックは己の境遇を特に嘆いてはいないが、あのエキセントリックな性格には生い立ちも関係しているに違いない。何より片翼《ベターハーフ》ではないとはいえ、決まった相手がいながら別の相手に手を出すなど、許されないに決まっている。

——それでもディンゴは、だからこそディンゴは、ジョシュアに選ばれることを望んでいたのだろう。奇跡も運命も乗り越えて、片翼《ベターハーフ》持ちのインペリアルとノーマルの自分が結ばれる夢を見たがっていた。

しかしジョシュアはエリンと自分の理想を守り、悲劇が起こったのだ。

「エリン義姉様は優しいですね」

彼女は全てを知っていた。その上でエリンの決断を振り返ると、最近めっきりと臆病《おくびょう》になっているせいもあって、ワスレナは畏怖《いふ》に近い感情を覚える。

「ジョシュア様が、そこまでディンゴ……のことを想っていると分かっていて、助けてあげるなんて……」

ロールアウト式典の妨害をしたディンゴを、エリンは一度目は単独で、二度目はカイと連名で助命嘆願を行った。ディンゴが生きて目の前に現れれば、ジョシュアの気持ちが揺らぐとは思わなかったのだろうか？

「あら、私は別に優しくないわ。ディンゴが死ねば、ジョシュアが悲しむから助けてあげたの。それだけのこと」

　エリンの答えは単純明快だった。

「もちろん、片翼《ベターハーフ》である私に何かあれば、ジョシュアは悲しむどころではないでしょう。でも、ディンゴが死んでもそれなりのダメージを受ける。当然でしょう？　あなたも知ってのとおり、彼には毒も多いけど、それも含めて魅力的なの。大切な人は世界にただ一人だけ、なんてほうが珍しいわ」

　順番はあるとしても、とつけ加えるエリンの瞳《ひとみ》は、ジョシュアの一番であると自覚していながら、どこか寂しそうに見えた。

「ヴェニスと言ったかしら？　ディンゴに最後までつき従ったせいで射殺されそうになった、あのコンセプション」

　不意打ちで出てきた名前にワスレナは凍りついたが、エリンの目は再び静かに波打つ海のほうを向いていた。

「一度目はとにかく、二度もディンゴを助けてあげようとしたのは、彼の存在が大きいわ。サンスポットが瓦解《がかい》して、全てを失ってしまったディンゴのことを、あれだけ愛してくれる人がいる。そしてディンゴも彼を庇《かば》った。その意味も、死んでしまっては分からないから」

ディンゴともカイとも違う金色の髪が海風にたなびく。遠くを見つめる瞳にあるのは寂しさ、そして悔しさだった。そこからワスレナは、彼女の複雑な感情を汲《く》み取った。

「ジョシュア様とエリン義姉様とディンゴ様が一緒の写真を、この間拝見しました。ディンゴ様は、ちょっと不機嫌そうでしたけど……あなた方お二人は、とても楽しそうだった」

また「ディンゴ様」と呼んでいることも忘れてしまうほど、ワスレナの胸を満たす切なさは大きい。

「エリン義姉様も、ディンゴ様のことを本当に大切に想っていらしたんですね」

それをディンゴは知っているのか。いや、聡明《そうめい》な彼はきっと知っているのだろう。そうであるからこそ、余計に彼女が憎かったに違いなかった。

「当然ね。だって私たち、同じ人が好きなんですもの」

はにかんだエリンは「ジョシュアには内緒よ、あれで嫉妬《しっと》深いんだから」と悪戯っぽく笑った。

「でも、ディンゴにジョシュアを譲ることはできない。だからディンゴには生きていてもらわないと。だって、死んでしまったら勝てないものね」

きれいな思い出となった死者に生者は勝てない。だから生かしておくのだと、なかなかえげつなく結んだエリンは急に話の流れを変えた。

「それに、ディンゴを生かしておくのはシメオンのためでもあるの」

「え？」

いきなり出てきた片翼《ベターハーフ》の名も意外だが、その内容はさらに意外だ。あれだけディンゴと角突き合わせているシメオンである。ジョシュアたちの手前、口に出しはしないが、あの時殺しておけばよかったと考えていることは明白だった。

「だって、ディンゴが死んだら、あなたは悲しむでしょう？　ワスレナ。そうしたら、きっとシメオンも傷つくわ」

「……僕、が？」

当たり前のような指摘が胸を突く。これまでのエリンの言葉は、驚きを伴いながらも打ち寄せる波がごとくにすんなりと肌に染みてきたが、今の発言はそうはいかない。

「それは……、まあ、多少は」

なんの感情も持たない、ということはないだろう。彼は長くワスレナの神だったのだ。だからこそ、その手を失った痛みは大きかった。

だがワスレナにはもうシメオンがいる。偽物の神など必要ない。シメオンやフレドリックの暴走を止めてきたのは、ディンゴときちんと対峙《たいじ》した上で乗り越えたいと願ったからにすぎない。

彼がどうなろうが、それこそスタンガンの過度の使用により死亡しようが、傷つく必要はないのだ。置いてきぼりにすねたのか、エルドラドに向かう直前、フレドリックが「手に入れた情報を元にＳＴＨを作ってみたんで、ディンゴに投与していいですか？」と聞いてきたのを止めたのは、彼の倫理感のなさを諌《いさ》めるためである。

「ジョシュアも言っていたけど、あなたは人の心の繊細な部分を汲み取るのが上手なのね。コンセプションとして、つらい思いもしてきたと聞いています。その経験が、あなたに与えた能力はすばらしいわ」

優しく言うエリンも同じくコンセプションであるが、同時に彼女はジョシュアと幼い頃から交流を持てるような家柄の娘。だからこそ生じた痛みもあろうが、少なくともワスレナのように、両親の手でダウンタウンに捨てられたりはしなかったのだ。

「でも、つらい思いをしてきたからかしら？　自分の心の声を聞くのは、少し苦手のようね」

「……何が、言いたいんですか」

相手がエリンということも忘れ、ワスレナは硬い声を出してしまった。分かりやすい防御反応には触れず、エリンはただ微笑んで話題を変える。

「正直な話、セブランはまだしも、シメオンまで片翼《ベターハーフ》を見つけてくるとは思わなかった。

研究だけを愛する人生も、悪いものだとは思わないけど……今のシメオンのほうが見ていて面白くて好きよ。ずっと愛してあげてね、ワスレナ」

「それは……、もちろん」

シメオンの名前にワスレナのガードが下がる。それを知ってか、エリンは謎《なぞ》めいた言葉を投げかけてきた。

「でも、シメオンだけを愛さなくてもいいのよ、ワスレナ」

「……！　で、ですから、さっきから何を……!!」

また冷静さを失ったワスレナの声に、「エリン！　ワスレナ！」と元気よく呼ぶ声が重なった。

「あら、ジョシュア。もうお仕事は終わったの？」

「なんとかね。だって、早く君たちと遊びたくて」

暑かったのだろう。スーツの袖《そで》をまくり上げてたくましい腕を剥《む》き出しにし、額の汗を軽く拭《ぬぐ》って応じるジョシュアを見て、ワスレナは慌てて辞去しようとした。

「申し訳ありません、お邪魔を！」

「とんでもないわ。お邪魔虫は私だもの」

え、と目を見開くワスレナをよそに、エリンはジョシュアに尋ねた。

「ジョシュア、あなただけ？　弟たちは、まだお仕事？」

「残念ながら、二人はまだ話が長引いているようだよ」

「なら丁度いいわね。ねえ、ワスレナがあなたとディンゴについて聞きたいんですって」

「エリン義姉様!?」

声を上ずらせるワスレナであるが、さすが年季の入った片翼《ベターハーフ》同士だ。エリンの言いたいことを、ジョシュアは早々に汲んだ様子である。

「なるほど、確かに都合がいいね。僕も一度、君と話してみたかったんだ。できればシメオン抜きで。いいかな？　ワスレナ」

「え、ええ？」

度肝を抜かれたワスレナはすがる気持ちでエリンを見たが、彼女の口から出たのは火に油を注ぐような発言だった。

「私も抜きで、でしょう？」

「とんでもないさ。君にはいつでも、僕の側にいてほしい。でも、ワスレナが緊張してしまうだろうからね」

大袈裟《おおげさ》に両手を開き、ジョシュアは断言した。二人の間では際どいジョークですんでしまう内容らしく、エリンも「ならいいけど」と微笑んでパラソルの下を出る。

「セブランがお仕事中なら、カイはフリーね。それじゃあ私は、カイと遊んでくるわ。妬《や》かないでね？」

「僕もセブランも、それは無理な相談だね」

真面目《まじめ》腐って断言したジョシュアに微笑んだエリンは、ウェアラブル端末を通じてカイに連絡を入れながら歩いて行ってしまった。ジョシュアと二人で残されたワスレナは、今すぐ逃げ出したいがそうもいかず、呆然《ぼうぜん》と立ち竦《すく》むばかり。

シメオンやフレドリックのようにジョシュアを怖がっているわけではないが、近寄りがたさは人一倍感じている。ゴールデン・ルールの総帥、もっとも偉大にして著名なインペリアル。ディンゴより長く仇敵《きゅうてき》として教え込まれてきた相手であると同時に、彼が誰よりも憎み、愛した存在……

「その様子だと、僕とディンゴのことはエリンに聞いたようだね」

「え、ええ……まあ……」

全てを知った賢者の目をして微笑まれ、ワスレナはついと瞳を逸《そ》らした。

「じゃあ僕は、君とディンゴのことを……」

言い止《さ》して、ジョシュアは珍しく自嘲《じちょう》の笑みを唇に浮かべた。ワスレナがそれに気づく前に首を振って、いつもの穏やかな顔に戻ると、

「いや、それはシメオンが聞くべき話だね。なら、ディンゴとヴェニスについて聞いてもいいかな」

「……ヴェニス……ですか？」

まさかジョシュアまで、彼のことを気にしているとは。ちくりと胸を刺した不快な棘《とげ》に、ジョシュアは勘づいた様子だ。

「ヴェニスのことが、嫌いかい？　確かに彼は、あまり多くの人に好かれようとするタイプではないようだけど」

シメオンやセブランと同じ翠緑《すいりょく》の瞳がじっと見つめてくる。弟たちのような鋭さは感じられないのに、妙な居心地の悪さを覚え、ワスレナは心持ち早口になった。

「す、好きとか嫌いとか、あまり考えたことはないですね。あいつ自身も、ディンゴ様以外はどうでもいいってタイプでしたし。あ、ディンゴ様っていうのは、ヴェニスの目線での呼び名ですから！」

一気にまくし立てたワスレナをぽかんとして見つめていたジョシュアが、一拍間を置いて噴き出した。邪気のない、いかにも楽しげな笑い方であるだけに、ワスレナの恥ずかしさは増した。

「……昔、少し嫉妬していたことは認めます。あいつも僕も、ディンゴの求めには足りない結果しか出せなかったけど、それでもヴェニスはアジトを捨てる時にも連れて行ってもらえた……」

最後までつき従った結果とはいえ、殺されかけたところを庇ってもらえた。

「そして君は、シメオンと会った、か。……人の運命とは、本当に分からないものだね」

遠い記憶を覗《のぞ》き込む目でつぶやいたジョシュアは、やがてワスレナの警戒を解《ほぐ》すような笑みを浮かべた。

「前にも言ったし、みんなにも散々聞かされたと思うけど、シメオンが身内以外に興味を持っているのは君ぐらいなんだ。面倒をかけて申し訳ないけど、愚弟をよろしく頼むよ」

言いながら、ジョシュアは少々もたついた動作で手首に光るウェアラブル端末の操作を始めた。

「でも、あいつが何かやらかしたら、遠慮せず僕に連絡してほしいな。君のアカウントに、僕とエリンのプライベートな連絡先を今登録したから。……できてるはずだ。念のため、後で挨拶《あいさつ》を一言でいいから、君から連絡をくれると嬉《うれ》しい。……やれやれ、機械類の操作はあまり得意じゃないんだよなぁ。ディンゴが側にいてくれた時は、こういうのは全部任せられたんだけどね……」

情けなさそうに頭を掻《か》く彼の横に、ワスレナは黄金時代の幻を見た。もたもたと指先を泳がせるジョシュアから機器を取り上げ、「嘆かわしい、ゴールデン・ルールの総帥ともあろうものが……」と嫌味混じりにお小言を述べながら、長い指先を閃《ひらめ》かせてジョシュアの世話を焼くディンゴ。サンスポットでは帝王としてふんぞり返り、ワスレナたちを目線一つでこき使っていた彼にも、そのような時代があったのだ。

しかしディンゴはジョシュアを裏切った。ヴェニスは連れて行ったのに。

分かっている。ヴェニスはそれこそ機器、あるいは家具だ。感情を持たず、ディンゴの言うことのみに従う便利な道具だから、連れて行ったというより持っていった、が正しかろう。

そもそもサンスポット内にてコンセプションは、インペリアル化実験の相手役以外には役に立たないと思われていた。その役目からは早々に脱落したヴェニスはワスレナ以上に蔑《さげす》まれていた。ディンゴ以外の存在をいないもののように振る舞う彼でなければ、ストレスで心身を壊すか失踪《しっそう》でもしていたに違いない。多くの他の実験体のように。

だが、実際にはディンゴはヴェニスを連れて行った。シメオンも彼を気にかけており、その理由はいまだ明かされていない。

「――シメオン博士は最近、ヴェニスにも興味を持っているみたいですよ」

数多《あまた》のどろどろとした感情を煮込んだ声は、それゆえにかえって個性を失い、平坦な音となってワスレナの唇から漏れた。

「えっ、あのシメオンが君以外に興味を？」

ジョシュアの意外そうな反応がぐさりと胸に突き刺さる。みじめさを奥歯で噛《か》み殺し、ワスレナは平静を装おうとした。

「ええ、そうです。あいつも違法改造を受けた身ですから。血筋《ブラッドタイプ》研究の観点からすれば、興味深い相手なんじゃないですか。もっともヴェニスは、ディンゴ以外の相手と交流するつもりが皆無なので、だいぶ手こずっているようですけど」

改めて、シメオンがヴェニスの心を開かせようとする難しさを思うと少し笑ってしまうぐらいだ。接点がないにもほどがある上に、両者とも接点のなさを埋め合わせる技術を持っていない。ヴェニスにはその気さえない。

どうしてシメオンにだけ、その気があるのか分からない。

「ふーん……なるほど。そうかそうか」

苦い思いを飲み下せず、かすかに肩を震わせるワスレナを見てジョシュアは何事か摑《つか》んだ様子である。

「えっ、あの、まさか、あの二人が何を話していたかご存じなのですか⁉　さすがです」

「いいや？　だって僕、シメオンがヴェニスを、なんて初耳だし」

早とちりするワスレナに、ジョシュアは困り顔で首を振った。

「じゃ、じゃあ、今、総帥権限でその端末を操作……、あ」

「うん、そう。機械操作についての僕は、ボンクラもいいところだから。即座に必要な音声データをピックアップするなんて真似《まね》はできないさ」

先ほどディンゴを頼っていた過去を口にしたばかりである。ボンクラはどっちだ、と赤面するワスレナを眺め下ろしてジョシュアは微笑んだ。

「でも、なんとなく見当はついた。ああ、でも、この話もシメオンからちゃんと聞いたほうがいいな」

自分からヒントをくれる気はなさそうなジョシュアであるが、無為に焦《じ》らすつもりはなく、当人同士で解決させようと思っているようだ。

「ちょうどいい、シメオンを呼ぼうか？　仕事の話は、もうそろそろ終わると思うんだ。あいつの連絡先なら、間違いなくこれに登録されているからね。ちゃんと本人にやってもらった……、おっと」

自信ありげに手首の端末を見せてきたジョシュアであるが、その目がワスレナの向こうを眺めやる。

「思ったより早かったな。それじゃ、僕はエリンと合流するよ。カイに嫉妬してセブランを怒らせないうちにね」

「えっ、あ、シメオン博士⁉」

ぎょっとして振り返ったワスレナの目にも、白いシャツを着た長身が映った。「白はいつもの服と一緒で面白くないが、妙なモチーフよりは似合うからしょーがねーよな……」と愚痴りながら、シメオンの服を選んでいたカイの姿が脳裏を過《よぎ》る。

ヴェニスについてははっきりさせてほしい、と確かに思ってはいた。しかし、いざとなるといきなりすぎて、まだ心の準備ができていない。

「あ、その、待ってくださいジョシュア様ッ。できれば、側に……！」

「あははー、だめだめ。シメオンは嫉妬もし慣れてないから、加減が分からなさそうで僕も怖いからね」

人との距離感がおかしいシメオンのことを、ジョシュアも慎重に扱うべきと感じているようだ。

「それに、そろそろ僕の嫉妬が限界だよ。カイはいい男だからなぁ……シメオンが来たってことは、セブランもカイのところへ急行したとは思うけど！」

それじゃあね、と無情に言い捨てて、ジョシュアは小走りに駆けていってしまった。彼と入れ替わるように近づいてきたのは、彼とよく似た、しかし印象はまるで異なる弟だ。

ワスレナはおそるおそる話しかける。

「シメオン博士。あの、お仕事……、終わったんですね」

「……ああ」

低い答えは短く、翠緑の瞳はこちらを探るような動きをしている。ジョシュアが警戒したように、本気で兄とワスレナの仲を疑っているのだろうか……？

ワスレナもまた、探るように彼を見上げて数秒後、愕然《がくぜん》と目を見開いた。

何も感じない。

胸中で嵐《あらし》が吹き荒れているだろう片翼《ベターハーフ》の感情が、流れてこない。

怒りや嫉妬を押し隠そうとしているのだろうか、それとも……それとも。

自分たちの絆《きずな》は、もう。

「どうした、ワスレナ。そんなにじろじろと、人の顔を見て」

すがるように見つめた美しい容《かんばせ》がかすかに歪《ゆが》む。先ほどまでジョシュアとのほほんとしたやり取りをしていただけに、作りの近い顔から放たれる冷たい威圧が応《こた》えた。思わず視線を下げたワスレナは、シャツに包まれた胸元に視線を下げた。

「あ、あの、着替え、ました？」

「……そんなことはどうでもいい」

朝方見たのとは微妙に服の色合いが異なるような気がして、つい口に出したが雰囲気はよくなるどころか悪化した。弁解する暇もなく、詰問が降ってくる。

「さっきまで、ジョシュア兄貴と一緒にいたな。あの人と、何を話していたんだ？」

突然与えられた機会への戸惑《とまど》いが強く、その上片翼《ベターハーフ》の感情が感じ取れないことによるショックを受けていたワスレナである。だがその質問を聞いた瞬間、縮こまっていた心に活が入った。

「……あなたと、ヴェニスのことです」

すでにシメオンの心は自分から離れているのかもしれない。それは激しい衝撃と共に、最早《もはや》どうにもならない、というどん底からの開き直りへと変化しつつあった。

オリエンタルの諺《ことわざ》で言うところのハイスイノジン、とかいうやつだ。ちょっと違うかもしれないが、いずれにしろ話すべき時が来た、という思いがワスレナに勇気を与えていた。

「単刀直入に伺います。あなたこそ、ヴェニスの独房の中で、あいつと何を話していたんですか？」

いきなり攻勢に転じたワスレナに面食らったのか、翠緑の瞳が一瞬泳ぐ。一気呵成《いっきかせい》に問い詰めようとしたワスレナの手首を、強い力が摑んだ。

「知りたいか」

素肌に食い込む指先が熱い。欲情の気配を感じ取ったワスレナは、情けないことに咄嗟《とっさ》に抗《あらが》えなかった。……怒りに任せてであっても、まだ抱いてくれるのかという希望が、手足を縛りつける。

「おーい、カイちゃーん！　どこぉー‼」

しかし次の瞬間、息せき切って駆けていくセブランの声が遠く響き、緊張した空気を断ち割った。セブランも仕事が終わったようだ。こちらには気づいておらず、カイを追って別の砂浜のほうへと向かっている様子だが、ワスレナの手の拘束が解かれた。

「……チッ」

形良い唇が短い舌打ちを漏らし、続いて押し殺した声でこう言った。

「今日の夜、みなが寝静まった後、向こうにあるログハウスに来い」

目線で示された先は、波打ち際にポツンと建てられたログハウスだった。ワスレナたちが宿泊しているものとは別だ。他の面子《メンツ》と離れ、ゆっくりしたいゲストのために作られたのだろう。

「私も一度寝たふりをする。二人同時に出てくると、兄貴たちに怪しまれるからな。お前が先に出て待っていろ。カイなんかにも、このことを話すんじゃない。いいな？」

「わ、分かり、ました……」

続け様の命令が一瞬の強気を刈り取ってしまう。うなだれたワスレナは、歩き出した白い背中を機械的に追おうとした。

「ついて来るな。夜までは、お前と話したくない」

「……はい……」

頭で考えた行動ではなく、せめて側にはいたいという願いを反映した条件反射だったのだが、それすらも言下に拒否されてしまった。顔を上げられないワスレナの紅茶色の髪を、海風が容赦なく吹き乱していった。

夜まで話したくないと言われたが、昼食の席ではシメオンとも一緒になるだろう。そう思うと到底食べる気になれず、迷った末にワスレナはウェアラブル端末を使い、共に島へ来た人々全員に「もう少し散歩をしたいので、昼食はいいです」と連絡をした。

シメオンも連絡先に含めることに少しばかり勇気を要したが、彼にも伝えておいたほうがいい。片翼《ベターハーフ》にだけ連絡しないのは露骨すぎる。

何より、シメオンが一番この情報を喜ぶに違いない。ワスレナがいなければ、不自然な沈黙を周りに勘繰られることもない。

『あまりシメオンを甘やかすんじゃないぞ』

『どーせシメオンと一緒なんだろ？　んじゃ俺らも、二人でゆっくりすっかなー』

『気をつけてね、ワスレナ』

『ゆっくりしとおいで』

来た順番にカイ、セブラン、エリン、ジョシュアの返信である。何やらいいほうに誤解しているらしきカイとセブランの言葉にはきゅっと胸を絞られた。ジョシュアからの返信がエリンよりもかなり遅れた上に短く、その短い文章にさえ誤字があるのには笑いを誘われたが。

『了解した』

シメオンからの返事が一番遅くて、一番素っ気なかった。

シメオンからの返信は来るのか、来ないのか。あの様子では来ない可能性のほうが高いと思っていたにもかかわらず、ウェアラブル端末から目を離せずにいたワスレナは、彼からのメッセージを確認した瞬間、ベンチの上へ横向きに倒れ込んだ。

「……きれいだな」

人間たちの右往左往をよそに、エメラルドグリーンの波は飛沫《しぶき》さえもキラキラと鮮やかに打ち寄せ続けている。横倒しの視界の中、しばしぼんやりとその様を見ていたワスレナであるが、やがて体を反転させてベンチの背もたれのほうを向いた。

美しい緑は、どうしてもシメオンの瞳を思い起こさせる。ゴールデン・ルールを象徴する白もだ。

「ここに来るのも、最後かもしれない……」

この楽園どころか、スターゲイザーへ出入りすることもできなくなるかもしれない。美しい緑と白がトラウマになるかもしれない。

「シメオン博士と、話すのも……」

いや、その機会は最低あと一回残っている。夜になったら、この浜辺にあるログハウスに来いと言われた。

その後にも機会が訪れるかどうかは、彼との話次第。

きり、と胃が痛む。朝食の消化はすでに終わっている時間帯だ。空の胃を過剰に活動させるぐらいなら、子宮のほうがしっかりと機能するべきであるのに、一向に妊娠の気配はない。

　せめて子供ぐらいいれば、シメオンに捨てられたとしても思い出は残るだろうに。そう考えた直後、ワスレナはやるせない笑みを浮かべた。たとえ一時は見逃されたとしても、ゴールデン・ルールの都合次第で子供を取り上げられる卑近な例を見たばかりではないか。

　無言でワスレナはウェアラブル端末を操作し、フレドリックにメッセージを送った。

『フレドリック、研究は進んでいるかい？　僕はもしかすると、もうＳＴＨについての研究を手伝えないかもしれない』

　フレドリックからの返事は早かった。

『ワスレナさん、シメオン博士と別れるんですか？　ラッキー！　それじゃ堂々と、俺と付き合ってって言えますね‼』

　自分本位にもほどがある内容に、思わず噴き出してしまった。同時に目の端ににじんだ涙も悲しかったからではない。ゴールデン・ルールと距離を置くことになっても、ワスレナとの接触を禁じられたとしても、フレドリックであれば気にせず会ってくれそうだ。

　シメオンがどうしているかだって、気楽に教えてくれそうだ。

　物思いに耽《ふけ》りながら過ごすうち、常夏の島を照らす太陽も翳《かげ》り始めた。夜がやって来たのだ。シメオンと約束した、夜が。

しかしその前に夕食である。見た目よりもよく食べるワスレナだ。さすがに少し空腹を感じているし、二食続けて食事を抜くのは心配されてしまう。

やむを得ず立ち上がると、体のあちこちに付着した砂がパラパラと落ちてきた。苦笑してそれらを振り払いつつ、元来た道を戻ってホテルの食堂に入った。

「おー、お帰り、ワスレナ」

真っ先に声をかけてくれたのはセブランである。どうやら野外にて「二人でゆっくり」してきたらしく、隣に座ったカイ同様、一日でかなり日に焼けていた。

「ワスレナ、こっちに座れよ」

カイが隣の空席を指し示してくれた。そこはシメオンの真正面であるが、カイがすぐ側にいるのなら彼と話していればいいだろう。

「海辺に長くいたのか？　砂だらけだぜ。あまり日には焼けていないようだが」

ナイトの顔で、カイはワスレナの髪にまだ少し残っていた砂を払い落としてくれた。こうやっていると本当に下手なインペリアルよりかっこいいな、と思いながら、ワスレナも彼の後頭部に手を伸ばす。

「カイさんも、髪に草が絡まっていますよ」

いつも身だしなみにうるさい彼にしては珍しいことだ。ハニーブロンドに混じった雑草を取り去ってやると、カイは少しばかり目元を赤くする。

「……お、おう、すまない」

「ごめんねぇ、カイちゃん。俺、ちょーっとばっかし、張り切っちゃってさー」

横でセブランがにやにやし始め、直後にカイが繰り出した肘打《ひじう》ちを食らって椅子《いす》から落ちそうになった。なるほど、一見澄ました顔でナイトぶっているカイであるが、二人目作りに熱を入れすぎて身だしなみが疎《おろそ》かになっていたようだ。

「あらあら、お盛んなことね。その情熱、ちょっと羨《うらや》ましいわ」

カイの正面にいるエリンがからかった。その隣、セブランと向かい合う位置に腰かけたジョシュアがすかさず言い添える。

「君は僕のお姫様だからね。いついかなる時も、丁重に扱うよ」

「ンだよ兄貴、カイちゃんがお姫様じゃねーっつーの？　まー、見た目も性格も王子様ヨリだからなー。そこを崩していくのが、楽しーんだけどなッ!!　いでッ!!」

「うっせーぞセブラン!!　エリンさんの前で、そういうことを言うんじゃねえ!!」

ナイトも王子様も通り越し、カイはダウンタウンのチンピラよろしく口汚く怒鳴り返した。このように同じ卓を囲む三分の二は、バカンスを楽しんでいる様子だ。

残り三分の一の片割れことシメオンは、黙々と食事を続けている。取れたての新鮮な魚貝をメインとしたメニューは、ゴールデン・ルールの関係者といえどもそうそう口にできるものではない。インペリアルシティで口にできる食料は、厳しいチェックを潜《くぐ》らなければ食卓に並ばないため、どうしても鮮度が落ちるからである。

ましてワスレナにとっては、彼等と共にできる最後のディナーかもしれないのだ。少しでもいい思い出を残そうと、横から流れてくる賑《にぎ》やかな会話に適度な相槌《あいづち》を打ちつつ、味のしない食事を痛む胃に送り込み続けた。シメオンもあまり食欲がなさそうだったが、彼から話しかけられることも、ワスレナから話しかけることもなかった。


この時間が終わってほしいのか、終わってほしくないのか。自分でもどちらか判別がつかないままに時が流れ、そろそろ各自のログハウスに戻ろう、という話になった。

「ワスレナ、行くぞ」

「あ、ああ……、ええ」

空になった皿を置いてシメオンが立ち上がる。昼前に会って以降、初めて彼と交わした言葉はただの相槌だったが、それだけでやけに重く舌に絡んだ。

「んーじゃ、俺らも第二ラウンド〜」

「あーはいはい、そうだな」

最早いちいち反応するのも馬鹿馬鹿しいのか、セブランに肩を抱かれたカイはぞんざいに言って彼等のログハウスに向かう。ジョシュアとエリンはといえば、二人だけに聞こえる大きさの声で何事かささやき合いながら、さっさと姿を消した。

「ワスレナ」

「……はい」

もう一度呼びかけられたワスレナは、視線を自分の片翼《ベターハーフ》へ向けた。白いシャツに包まれた背中が歩き出す。ワスレナもついて行く。今度は彼に促されているので、来るなと拒まれないことに空虚な安堵《あんど》を見出していた。

ログハウスまでは歩くというほどもない距離だ。両者黙り込んだまま中に入れば、出かけている間に清掃が行われたらしく、室内はきれいに整えられていた。まるで、昨夜何度も愛し合ったことが嘘《うそ》だったかのように。

昨日の到着時は美しい景色に浮かれていた心は、不気味な凪《なぎ》を保っている。ちらりと整った顔を見上げると、彼もワスレナと同じように何かを含んだ無表情だった。

「……」

物言いたげな様子ではあるが、口を開こうとはしない。言葉がなくとも、片翼《ベターハーフ》同士であれば本来伝わってくる感情も伝わってこない。

正確に言うと、昼前に海辺で会った時のように完全に遮断されてはいない。相変わらず感情の抑制はしているようだが、不安、焦り、怒り、そういったものの混合物がガードから漏れ出して、ワスレナの心をちくちくと刺すのだ。

刺激されたワスレナの心もささくれる。言いたいことがあるのなら、今すぐここで言えばいい。無駄に引き伸ばされればされるほど、傷口は膿《う》んで不快な熱を孕《はら》んでいく。

「……どうかしましたか？　予定を変えたい、とか」

「……いや。そういう話ではない」

「……そうですか。なら、早く寝ましょう」

一度寝たふりをして、それからお前だけ先に出ろ、だったか。無意味な工程を増やすものだと思っていたが、スターゲイザー内には無数の監視の目が張り巡らされていたことを思い出した。このログハウス内も同じということだろう。

特にシメオンを含めたルミナリエ三兄弟であれば、いつ誰がどこで何をしていたのか、その気になれば簡単に把握できるのだ。シメオンとヴェニスが話していた内容だって、全て。

それはこの後、教えてもらえる予定だ。ワスレナも関係のある内容だろうに、ワスレナは一番後回し。いつだってそうだった。僕も連れて行ってくださいと懇願したのに、ディンゴは聞こえがいい言葉だけを残して、ヴェニスと一緒に去っていったのだ。

これがただの古い傷であれば、むしろ今の幸せを噛み締める材料になっただろう。残念なことに、古傷の上から斬《き》りつけられて、塩を塗り込まれようとしているのが現実だ。

ため息を隠し、ワスレナはベッドに横たわろうとした。オートベッドメイキングシステムがここにも入っているのか、よそよそしいほどにぴんと張られた清潔な上掛けをめくる。

次の瞬間、二人分の重さでスプリングが軋《きし》む。驚いて見上げれば、眉根《まゆね》を寄せた美貌がこちらを覗き込んでいた。

「寝るにはまだ、早いだろう」

敷布の上に押し倒されたワスレナの頰《ほお》を、熱い手の平が包み込む。

おそらくは別れ話をする片翼《ベターハーフ》を、最後に堪能《たんのう》しようという腹か？　強い屈辱を覚え、反射的に振り払おうとしたが、途中で思い止《とど》まった。

雨の音が聞こえる。幻聴ではなく、またスコールが始まったのだ。少し風もあるようで、窓から吹き込んできた雨粒がワスレナの髪をかすかに濡《ぬ》らした。

否応なく喚起されるのはディンゴに拾われた日の記憶。これ以上この音に、悲しい思い出を重ねたくない。

最終的には同じ結果となるにしてもだ。本当にこれが最後なのだとしたら、……もう二度と触れ合えないのなら、どんなくだらない理由であっても、その温《ぬく》もりを焼きつけてから離れたほうがいいのではないだろうか。うまくすれば、妊娠もできるかもしれない。

「……やめておこう」

ところがワスレナの決意とは逆に、頰を包んでいた手は離れていく。

「お前は、今の私に抱かれるのは嫌だと思っているだろう」

「……あなたには、僕の感情は伝わっているんですね」

ついロに出してしまったところ、シメオンの表情が軋んだ。抑制のガードから漏れ出る怒りと悲しみが多くなる。

それでも彼は、いまだ全てを明かそうとしない。その意味を考えれば考えるほど、思考は暗く翳っていく。

だが皮肉なことに、ワスレナにとっては今なお天国より地獄のほうが馴染み深いのだ。

「……ワスレナ？」

身を起こそうとしたシメオンの下肢へとワスレナは手を伸ばした。驚いた彼がベッドサイドに立ち上がっても手を放さず、慣れたしぐさでベルトを外し始める。

「おい、やめろ。何をする気だ」

「させてください。したい……」

吐息のような訴えには切実な願いが込められている。思わず動きを止めたシメオンの下着をずらし、立派なものを取り出すが、その気を失ったのは本当のようだ。なんの反応もしていない。

ワスレナは構わずそれを捧げ持ち、先端にそっと口づけた。先の丸みを口に含み、味わうように舌を這《は》わせていくと、口腔《こうこう》の中のものは確実に質量を増していく。

「く……、こら、あまり煽《あお》るな。口だけでは、すまなくなる……」

「ん、ん……、いいん、です。口だけで、終わらせるつもりなんて、ない……」

ある程度舌技で育てたものを引き抜いたワスレナは、自らのベルトを外しながら訴えた。

「僕、あなたが好きです」

それはただの宣言だった。好きだから、好きになってほしいという懇願ではない。ワスレナの心の有り様だけを告げる、受け止められることを前提としていない宣言。

自分たちやセブランたちの例にもあるように、たとえ片翼《ベターハーフ》同士であっても、半身誓約はインペリアル側からは一方的に解除できる。強制解除を受けたコンセプションは心身共にダメージを受け、病《や》み衰えていく。

なぜ衰えるのか？　愛しているからだ、ずっと。自分を捨てたインペリアルを。

生まれた時から馬鹿にされ、「孕む血筋」と蔑まれてきたコンセプションが差別から抜け出せる唯一の希望は、強いインペリアルの目に留まり半身となることである。その夢が叶《かな》う可能性は極めて低い。片翼《ベターハーフ》などおとぎ話と笑われるが、気紛《きまぐ》れな半身誓約さえ結びたがらないインペリアルは多いのだ。

だからコンセプションは、一度は肉体も精神も結び合わされた相手に期待を持ち続ける。悪かった、お前を愛していると言って、ソープ・オペラのごとくに涙ながらの再会を期待する。

そもそもセブランとカイを題材にしたソープ・オペラがそういう筋立てなのだ。ワスレナたちと同じように、彼等も一度半身誓約を結んだ後に解除している。従って彼等を題材とした番組も中盤の盛り上がりに必ずそのシーンを挟み、最後にもう一度片翼《ベターハーフ》として誓約を交わし大団円。生まれた子供をあやしながら微笑む二人、というラストシーンで締めるのが定番だ。

べたで結構、陳腐な王道こそが最強。ワスレナだって、そんな未来がほしかった。ロールアウト式典失敗直後、自分たちが片翼《ベターハーフ》なのだと判明した時には、奇跡の未来に辿り着いたと信じていた。

だが現実はソープ・オペラとは違う。ハッピーエンドの先にも人生は続く。あの日見た奇跡を永遠に生かしておくことが無理なら、せめて自分だけでも、この愛を貫いてみせる。

「あなたがたとえ、僕をいらないと言っても、僕はずっとあなたを愛し続ける。それだけは、あなたにも、ゴールデン・ルールにも、他の誰にも、奪えやしない」

言いながら、下肢に着けていた服を全て床に蹴り落とす。ゆっくりと後ろに倒れ込み、大きく足を開いてみせた。

見上げたシメオンは一連の告白を絶句したまま聞き入っている。美しい緑の瞳は信じられないものを見るように見開かれており、なぜか口元を押さえていた。

愛されている自信を持ち直した昨夜ならいざ知らず、これから縁を切ろうとしている今となっては、恥ずかしげもなくねだる姿に吐き気でも覚えたのだろうか。……遠くない日に、ヴェニスとこの様の記録を見ながら笑ったりするのだろうか。

「……ワスレナ、俺は……」

手の平の下からくぐもった声を漏らした彼は、やがてその手を外すと、やけに神妙な顔つきで首を振った。

「……いや、いい」

言いざま、ぐいと腰を掴んだ指先は思いのほか強い。少し痛いぐらいの力に顔をしかめるワスレナだが、拒否はしない。自分で願ったことだ。

このまま突っ込まれてもいいぐらいの覚悟を決めていたが、そこまでシメオンは外道ではなかった。ローションをまとった指が、ゆっくりと奥へ差し込まれる。まだ片翼同士《ベターハーフ》である二人だ、無闇に痛い目を見せれば自分にもダメージが来るのだから当然だが。

未来はないかもしれないが、過去の経験を持った指先は的確にワスレナの体を開いていく。優しく前立腺《ぜんりつせん》を撫《な》でる動きに自然と腰が揺れ、もっとと言うように内壁が収縮する様が自分でも分かった。

「ん、ふ……も、だいじょ、ぶ……」

「まだだめだ。もう少し力が抜け」

いつもよりも長いぐらいの時間をかけて、シメオンはワスレナの体を解きほぐした。つらい現実が性感に紛《まぎ》れ、肌が紅潮し甘い声を漏らし始めたのを確認してから、ゆっくりと挿入を始める。

「……んっ！」

だが、一度根元まで貫いた後の動きは激しかった。それまでの我慢が堰《せき》を切ったように、がつがつと奥を穿《うが》たれる衝撃にワスレナは白い喉を仰《の》け反らせる。身を伏せたシメオンはその喉を舐《な》め上げ、時折歯を立てながら容赦なくベッドを軋ませた。

「あ、アッ！　ん、くぅ、うっ、うっ」

襲い来る衝撃は、先日レイプ紛《まが》いに抱かれた時に近い。ワスレナを感じさせることよりも自身の快楽追求を優先させている余裕のなさは同じだ。一度高められたことで屹立《きつりつ》したワスレナの性器は、それ以上の快楽を得られず中途半端な状態で揺れている。

いつもなら体のあちこちに触れてワスレナを高めてくれるシメオンも、今夜はひたすらピストン運動に注力している。痛みはなく、曖昧な快楽もあるが、薄紙一枚隔てたかのように彼の熱が遠い。中途半端な距離が、余計にそう思わせる。

「はぁ、はぁ、ワスレナ……！」

ワスレナとは対照的に、シメオンは妙に興奮しているようだった。たまに歯に力が入りすぎて、喉仏に食い込む感触に背筋がひやりとする。

ラブドールのように肉体を使われることよりも、あの時のような苛立《いらだ》ちの奥底にちらちらと踊る喜びの欠片《かけら》がワスレナを傷つけていた。自分と別れられることが、そんなに嬉しいのだろうか……？　これが最後だから、そんなに興奮しているのか。

「……っぐ」

そんなことを考えているうちにシメオンが声を詰まらせ、一番奥に己を突き刺した状態で動きを止めた。すっかりと馴染んだ熱が、腹の底に広がっていくのが分かる。同時に強く抱きしめられて、ぴたりと合わさった肌から香るフェロモンに途方もない安心を覚えた。

「あ、は、はぁ……」

自然と甘い息が漏れる。ワスレナ自身は性的な絶頂には至っていない。シメオンが、自分の体で満足してくれた証《あかし》が嬉しかったのだ。

「ん、ん……いっぱい……ありがとうございます……」

とろりと蕩《とろ》けた声でつぶやき、薄べったい腹を撫でる。ソープ・オペラであれば、ここで妊娠できるだろうに。

切ない夢を見ているワスレナの体からシメオンが出て行く。上の服も全て脱ぎ捨てたところを見ると、シャワーを浴びるつもりなのだ。

「……お前も一緒に来るか」

「……いえ、いいです」

終わった後は中に出されたものの始末をするのが常であるが、今夜はそうしたくない。

種を結ばず終わる可能性が高いからこそ、彼と繋《つな》がった証拠を少しでも長く、身の内に留《とど》めておきたかった。

何よりシャワーの音は、雨音に近いのだ。簡単に身繕いをしたワスレナは。やがてバスルームから響き始めたその音から逃れるようにベッドに身を横たえてじっとしていた。


一人でシャワーを浴び終えたシメオンがベッドに入って灯《あか》りを消した。同じベッドの端で気配を殺していたワスレナは、シメオンが少しわざとらしいぐらいに寝息を立て始めたのを見計らい、静かに身を起こして準備を始めた。

ログハウスのドアを開けた瞬間、横殴りの雨が視界を塞《ふさ》ぐ。びょうびょうと吹きつける風の激しさに一瞬息が詰まった。

「うわ……すごいな」

内部から外を眺めている間は、たとえどれだけ雨が降っていようが、景観を邪魔せぬよう音や雨量を和らげる機能がついているのだろう。実際に外に出てみると、スコールというよりストームと表現したほうがよさそうな天候に少しだけ決意が鈍る。

とはいえ、例の浜辺までは散歩に行ける距離だ。ログハウスの入り口に用意されていたレインコートを着ると、これにも悪天候下の優雅な散歩を楽しめる機能が備わっているようだ。途端に雨風が遠くなり、見晴らしもよくなった。

今から立ち向かう真実も、同じ機能で和らげてくれないだろうか。我ながら馬鹿げた発想だと思いながら、ワスレナはスコールの中を歩き続けた。

有能なレインコートのおかげで、指定されたログハウスまではすんなり辿り着くことができた。中に入ると自動で灯りが点《つ》き、さっきまでいたログハウスとまったく同じ内装が照らし出される。違っているのは大きな窓越しに見える海との距離がより近いため、システムによって軽減されていても、激しいスコールに荒れる海面が身に迫るように感じられることぐらいだ。

あの波に身を投げれば、ゴールデン・ルールの力をもってしても見つからないのではないだろうか。

「そもそも、捜してくれないかな」

嵐の海を目の前にして、つぶやく声はひどく乾いていた。ぽたぽたと雫《しずく》を垂らすレインコートを脱いでハンガーにかけ、鏡に向かって身だしなみを整える。シメオンと会うのはこれが最後になるのかもしれないのだから、できるだけきれいな姿を見せたい。

まだ少し時間はありそうなことだし、やっぱり軽くシャワーでも浴びておこうか。考えて、すぐに思い直した。

「……やめておこう」

それよりも、心の準備をしておいたほうがいい。……ヴェニスの名前が出た瞬間、嫉妬で取り乱すようなことがないようにしなければ。そんなことを考えた矢先、ログハウスのドアが開かれた。

システムに濾過《ろか》されていないスコールの音が乱暴に耳朶《じだ》を打つ。星明かりがレインコートに包まれた長身を白く縁取る様が一瞬、普段のシメオンと重なって見えた。

「……シ、シメオン博士。早かったですね。やっぱり、足が長いからかな」

動揺を抑えながらフレドリックを真似て茶化すが、重苦しいムードに変化はない。レインコートを脱いだ彼が昼間と同じ白いシャツ姿になり、こつこつと近づいてくる足音がひどく耳につく。彼がドアを閉めてしまったので、優秀なシステムによって雨音が軽減されたことが憎らしいぐらいだった。

「単刀直入に言おう。お前とは結婚したくない。子供も、産んでほしくない」

この声も耳に届けてくれなければよかったのに。

「体の相性はいいが、お前がベストパートナーと言えるのはセックスにおいてだけだ。片翼《ベターハーフ》というのも、大したことはないな」

強大なインペリアルオーラに頭を押さえつけられているせいだろうか。頭上でちかちかと光る翠緑の瞳が、星よりも遠く感じられる。

「どうしても法的な意味でも私の伴侶《はんりょ》になりたいのであれば、愛人を許容してもらう」

苦痛を詰め込んだような言葉に耐えきれず、半ば現実逃避していたワスレナははっと我に返った。

「……い、や……で、す」

愛人とは、つまりヴェニスのことなのだろう。ディンゴに重用される他の部下たちへの嫉妬を捨て、ようやくただ一人の人と結ばれたはずなのに、愛人を作られるのでは本末転倒ではないか。フレドリックの脳天気な笑顔が脳裏をかすめた。

「そうか。ならば、やはり半身誓約を解除するしかないな」

ワスレナが断ることは予期していたのだろう。むしろ、断るのを待っていたとばかりに彼の声は楽しげだ。

「だが、私からいきなり解除したのでは体裁が悪い。もうある程度、お披露目をしてしまった後だからな」

やはり本命は半身誓約の解除だったのだ。とはいえ、ただの解除であれば、たとえ片翼《ベターハーフ》といえどもインペリアルサイドからなら可能であるはず。なにせ一度、実際に解除されたことがあるので間違いない。

「この際、私が少し泥を被《かぶ》ってやってもいい。お前からジョシュア兄貴に、やはり私の片翼《ベターハーフ》など務まらないと話せ。お前を引き留められなかった私は責められるかもしれないが……」

「あなたは、それで大丈夫なんですか」

身勝手に話し続ける端正な顔を見上げ、ワスレナは言った。

「前の時だって、僕との誓約を解除した後のあなたは、ひどく憔悴《しょうすい》しているようだった」

「……確かに、ただの半身誓約の解除と違い、お前との仲が深くなった現在では私の側にも相応のダメージはあるかもしれないな。それが私を引き留める材料になるとでも？」

「いいえ」

嘲《あざけ》りに反応せず、ワスレナは簡潔に首を振った。すがる材料にしたくてそんな話を振ったのではない。

「さっきも言ったでしょう。僕は、あなたを愛しています。あなたが僕を、もう愛していなくても、ずっと愛し続ける」

むごい現実を真正面から突きつけられた瞬間は膝《ひざ》が砕けそうだった。だが、ワスレナはずっとむごい現実の中で生きていた。何不自由のない楽園よりも、打ち捨てられた闇の底でこそ凄絶《せいぜつ》な輝きを放てるほどに。

「だから、あなたが他の誰かと半身誓約を結ぶなら、それで構わない。ですが、インペリアルはコンセプションを何人でも半身にできるはずです。別に僕との誓約を解除しなくても、うッ⁉」

「生意気なことを」

真摯《しんし》な訴えを遮ったのは、冷たく吐き出された言葉ではない。同時にその全身から放たれた、凶悪なまでのインペリアルオーラだった。

堪《たま》らずワスレナはその場にしゃがみ込んだ。頭がミシミシと音を立てて締めつけられるようだ。雨の音などまるで聞こえない。

「はっきり言わなければ分からないのか？　私は単純に、お前との半身誓約を解除したいだけだ」

これが最後通告とばかりに降り注ぐ声は雨というより針である。それさえも、全身を締め上げるような痛みに耐えるのが精一杯の耳にはエコーがかったように曖昧《あいまい》な音としてしか聞き取れなかった。

――何か、変だ。

姑息《こそく》に積み重ねられてきたショックで麻痺《まひ》していたワスレナ本来の聡明さが、ようやく息を吹き返し始めていた。

シメオンはゴールデン・ルールの一人、ルミナリエ三兄弟の三男。インペリアルとしても最高ランクであり、彼が放つオーラは並みのインペリアルであっても屈服させるほどに強い。

しかしだ。その前提を踏まえても、……無駄な足掻きを見せたワスレナに苛立っているにしても、あまりにもインペリアルオーラが強すぎないか。

これまでにも激怒した彼のオーラを何度か浴びたことはあるが、今回は桁《けた》が違う。膝を折らせても物足りないとばかりに、喉や心臓を締め上げる強さには殺意すら感じられた。

何がなんでも今ここで、ワスレナから望む回答を引き出したい、という焦りさえ見て取れる。そもそも体面を気にするような性格か？　半身誓約を解除したければ、今この場でさっさとやればいいのに。

「シメオン」が見せたその焦りが、ワスレナの意識にかかっていた薄雲を払った。今までにも何度か覚えていた違和感が、ついに一つの形を取る。

昨日出会った「シメオン」が、朝とは微妙に色の違うシャツを着ていたこと。片翼《ベターハーフ》同士であれば、いくら抑えていようが少しは伝わるはずの感情が遮断されていたこと。

「貴様、まさか」

わななく腕を支えに、ワスレナはかろうじて上を向いた。

「ディンゴ……、か？」

ＳＴＨは服用者を疑似インペリアルと化し、他者を圧するオーラの放出を促す。さらに薬効を強化すれば、インペリアルのインペリアル性を強化する作用も出せるのでは、とこの間の会議で話し合った。

違法手術を重ねたディンゴは、今ではほとんどインペリアルと言って差し支えがない。そもそもＳＴＨは彼の改造に用いられた物質を転用したものだ。ひそかに改良したものを服用し、ゴールデン・ルールにも勝るオーラを出せるようになったのではないか？

「──ほう。さすがだな、ワスレナ」

にぃ、と笑った「シメオン」の唇からディンゴの声が漏れた。水と油の取り合わせに混乱しながらも、頭はようやく辿り着いた真実を理解しようと目まぐるしく動いている。

「もしかして、この間、航空工学のラボへ行く途中で変なことを言ってきたのも……」

「やっと気づいたか」

薄笑う「シメオン」。そういえばあの時も、彼の感情がまるで感じ取れなかったのを思い出す。ワスレナ自身も突然のことに混乱していたので、当初はおかしいとさえ思えなかったが、振り返ってみればあの時点で疑問を持つべきだったのだ。抱えていた悩みを串刺《くしざ》しにされた痛みが大きすぎて、そこに目が向かなかった。

ディンゴはジョシュアの影武者役を務めていたのだ。つまりは、その気になれば顔がよく似た弟たちの真似もできるということであろう。まるで似ていない相手を真似るようなシステムも開発されてはいるが、暗殺などへの警戒からセキュリティチェックが厳しくなる一方であるため、できるだけ技術に頼らない方法が望ましいのだとサンスポット時代に教育された。

ゴールデン・ルールに都合のいい世界の転覆を謀り、ディンゴが行ってきたクーデターの最後の弾だったロールアウト式典妨害を、シメオンとワスレナがぎりぎりで阻止した。

タイムレスウイングこそ墜落したが死者は出なかったし、ジョシュア復活の報に世間の注目は集まった。

　ヴェニスともども処刑を免れたことが、かえってディンゴの反骨心に火を点けたと考えられる。ゴールデン・ルール一族へと正式に迎えられる栄誉さえ蹴った男なのだ。ジョシュアの片翼《ベターハーフ》になれないのならば、ゴールデン・ルールを蹴落として今度こそ自分が天下を取りたい。懲りない野望の第一歩として、裏切り者の自分とシメオンの仲を壊す。動機ははっきりしている。

「……待てよ」

　しかし、そんなことが今のディンゴに可能だろうか？

　彼はスターゲイザーの上層部、ゴールデン・ルールの関係者でなければ近づくことすらできないラボの独房へ閉じ込められているのだ。アンチゴールデン・ルールのボス、生かしておくだけでも御の字という存在に向けられる監視の目に手抜きなどあろうはずがない。

　総帥の座に戻ったジョシュア自身が機械音痴であっても、よくシメオンが言っていたように、彼は使う側の人間である。プロフェッショナルに指示をすればいいだけの話だ。

　百歩譲ってスターゲイザーの中であれば、抜け出して工作は可能かもしれない。だがスターゲイザーを離れ、堅牢《けんろう》なセキュリティに守られたエルドラドにまで乗り込んで、ワスレナをそそのかすような真似が果たして可能だろうか？

やはりディンゴには無理だ。だが、心当たりはある。

このセキュリティを突破できる立場にいて、ルミナリエ三兄弟の影武者役を務めていた者は、もう一人いる。

「まさか、君……」

「あー、さすがにバレちゃいましたか」

思ったより早かったですねーと、ディンゴの声で「シメオン」がしゃべる。理解はしたつもりだったが異様な状況だ。頬を引きつらせて後ずさるワスレナを見下ろして、「シメオン」は後頭部に手をやった。

特別な音もしぐさもなかったが、ふっと何かが解け、「シメオン」の姿が変わる。顔立ち自体は少し若くなっただけで大きな変化はないが、一番変わったのは髪型だ。背中にぱさりと、尻尾《しっぽ》のような黒髪が垂れ落ちる。

「どーです？」

「こ、声……、まだ……、ディンゴ……」

「あ、いっけね」

およそディンゴらしくない言い回しを口にした彼は、今度は喉元に仕込まれたボイスチェンジャーに触れた。それだけのしぐさで、彼は本来の声を取り戻す。

「んー、これ、俺の声に戻ってますよね？　あー、あー。カタクルシーしゃべり方ばっかしてたから、ちょっと調子悪ぃなー」

のんきに発声練習をする彼は、背の高さはいまだにシメオンと同じだ。高機能なシークレットブーツでも履いているのだろうか。いや、そんなことはどうでもいい。

「フレドリック……、君、ど、どうして……？」

いまだフレドリックが放つオーラが強烈であることに加え、心に受けた衝撃が激しすぎる。床に半ば伏せたまま、喘《あえ》ぐように尋ねると、答えは明朗だった。

「ああ、俺、実はシメオン博士に頼まれたんですよ。自分の口からは直接言いづらいから、代わりに言ってくれって」

与えられた回答が、ぐわんと脳天を打ちのめした。だからシメオンは、何か言いたい顔をしながらもはっきりした言葉をくれなかったのか？

「なーんてね。さすがに苦しいか」

ぐらぐらと意識を揺さぶられ、苦悶《くもん》するワスレナの胸中など知らぬげに、フレドリックは脳天気に前言を撤回する。

「シメオン博士から、影武者役を頼まれたのは事実ですよ。ただし一回だけです。ヴェニスとこっそり話したいけど、ワスレナさんが変に思ってるみたいだから、あの人の姿で適当に足止めしておいてくれって」

航空工学のラボへ使いを頼まれた時の話だ。あの「シメオン」がディンゴではなく、フレドリックだったのならば、全てのことに納得がいく。

「で、俺は、これはチャンスだ！　と思って、ちょいとヘビーな話をさせてもらったんです。もちろん記録のほうは少しだけいじって、ディンゴとの仲に軽く探りを入れるような感じにしましたけど。その分ワスレナさんは、ディンゴに未練たらたらって感じにしておきました‼」

「……だからあの時、見た目はただの箱でしかない資料を、迷うことなくシメオン博士のデスクに置いたのか……」

あの時点では、シメオンとフレドリックは連携を取っていた。ワスレナを血筋《ブラッドタイプ》研究ラボから無理なく出て行かせる方法も打ち合わせ済みだったとすれば、前後の辻褄《つじつま》は合う。借り物の遠心機についてワスレナまで文句をつけにいく流れを止めなかったのも、ヴェニスと話せる時間を優先したのはもちろん、下手に口を出してぼろが出るのを防ぐためだろう。

ただしシメオンは、フレドリックがワスレナにどんな話をしたかは正確には知らなかったのだ。フレドリックの工作どおりのやり取りがあったのだと信じたからこそ、ディンゴとの接触云々《うんぬん》と探りを入れてきたのだろう。

「そーゆーことです。ワスレナさんがあんまりにも憔悴しちゃったんで、二度目の機会は巡ってきませんでしたけどね。博士にも怒られちゃうし、残念残念」

けろっとした顔でフレドリックはつぶやく。ある意味シメオン以上に人の心が分からない彼のことだ。詰め寄る理由のウェイトを軽くしたとはいえ、ワスレナの気落ちした様を見て、シメオン本人はやりすぎだと思ったのだろう。

「その上、仲直りのエルドラド行きなんて話が浮上してきちゃうし。しょせん俺はゴールデン・ルールのみそっかすなんですよねー、この島については全然話が回ってきてなくて。でも俺、優秀なんで!!　こっそりタイムレスウイングに乗り込んで、ご一緒したってわけです。影武者役を務める関係上、ここのセキュリティにも登録されてますし、後は服装にさえ気をつければチョロいもんですよぉ」

ＳＴＨの研究は俺ら三人だけですから、お二人がいないなら仕事してるフリもわけないですし！　とフレドリックは得意満面だ。彼の笑顔には一点の曇りもないが、その顔を見上げるワスレナの瞳には苦悩が満ちている。

「……散々一緒に行きたかった、なんてメッセージをくれたのも、自分はスターゲイザーにいると印象づけるためか」

「半分はそうですね。後半分は、本当に俺も来たかったからですけど」

ぬけぬけと答えるフレドリックの顔を、どうしても睨《にら》みつける気になれない。ワスレナはうめくように言った。

「君は、やっぱり、ゴールデン・ルールを恨んでいるんだな」

「え、どうしてです?」

きょとんとしてフレドリックが聞き返してくる。その表情には相変わらず、恨みや憎しみといった濁りは見られない。それが余計に痛々しく映った。

「とぼけるな！　僕とシメオン博士の仲を引き裂こうとしているのは、君やお母さんを軽々しく扱う彼等への復讐のためだろう……!?」

「違いますよ。あなたと博士が別れるように細工してるのは、あなたを手に入れるためです、ワスレナさん」

全身を縛るオーラを振りきり、絞り出すようにワスレナは叫んだが、フレドリックに動揺の気配はない。無理をして否定しているようではなく、本当に動じていない。

「俺、本当にゴールデン・ルールの人たちを恨んでなんていないですよ。たまにそれっぽいことを言うのは、あなたみたいな優しい人が同情して親切にしてくれるからです。おやつをくれたり、ヤらせてくれたり」

フレドリックは本当に自分の境遇を嘆いてはいないのだ。だが、周りにどう思われているかは知っているので、同情を引くような言動を挟むようにしている。そうと知らされて、ワスレナは愕然とした。

「カイさんも、もうちょっと粘れば一回ぐらいイけるかなーと思ってたんですけどね。でも、カイさんたちにはステフちゃんがいるし、子はカスガイって言うからなぁ。第一あの人、本気で怒らせるとインペリアルばりに強いし」

　残念そうに唇をとがらせたフレドリックは、ワスレナを見つめてにっこりした。

「その点、ワスレナさんはいかにもコンセプションって感じだし、何よりまだシメオン博士と結婚してないし子供もいないでしょ。グラつかせるのは簡単だろうなーって」

　全身が細かく震え出す。怒り、悲しみ、羞恥《しゅうち》、それらの不快な混合物のためだ。

　あからさまに舐められていることが腹立たしく悲しく、その評価を覆せなかったことが恥ずかしい。実際にワスレナは彼の手管に振り回され、手の平の上で転がされていたのだから。

　不意に、フレドリックの腕が伸びてきた。あっと思った時にはワスレナはその腕に抱え上げられ、運ばれている。シメオンと熱い夜を過ごしたのと同じ型の、大きなベッドへと。

「ああ、可愛《かわい》いなぁ、ワスレナさん……笑顔もいいですけど、あなたの絶望した表情、本当に可愛い。インペリアルの征服欲を引き出す、正しくコンセプションって感じで、サイコーです」

　突然のことに硬直しているワスレナの顔を見下ろして、フレドリックは意気揚々と進んだ。やがてベッドに辿り着いた彼は、清潔な上掛けの上に恭しくワスレナを横たえる。

　兄たちと共通する大きな手が優しくワスレナの頬を撫でた。ひどく熱く感じられる手を振り払うこともできないまま、全身を這う視線を浴びるしかない。

「俺、あんまり、何かを強くほしいと思ったことがないんですよね。自分がノーマルだと思ってた頃から、大抵のほしいものは手に入りましたし。権力とか名声とかにも興味ないしなぁ」

身震いし、顔を背けるワスレナの頬を離れた手は首筋から鎖骨へと這い降りる。開放的な服装はガードが緩く、いやらしい手つきを余すところなく伝えてきた。

「『僕は、あなたを愛しています。あなたが僕を、もう愛していなくても、ずっと愛し続ける』」

急にフレドリックの口から「ワスレナ」の声が飛び出す。自分の声を自分で聞く違和感もさながら、口にされた内容にワスレナはかっと顔を赤くした。

「特にこの台詞、よかったです。けなげでいじらしくて、可愛いなぁ。ここまで愛されてるシメオン博士が、本当に羨ましいですよ」

ボイスチェンジャーの使用をやめたフレドリックは、彼本来の声でうっとりとつぶやいた。

「もしかしたら俺、ワスレナさんの言うとおり、無意識下ではゴールデン・ルールの連中を恨んでるのかもしれないなぁ。だからカイさんやあなたを奪ってやりたい、と思うのかも。ね、こういう話したら、同情して自分から足開いてくれます？」

その手が脇腹《わきばら》から臀部《でんぶ》へと降りてきた時、やっとワスレナの喉は機能を取り戻した。

「や、やめろ。触る、な」

声は出たが、いまだ異様な力を放つフレドリックのインペリアルオーラによって四肢は封じられている。こんな強大なオーラを出し続けていれば、後遺症などが出るのではなかろうか。ちらりと脳裏を過った甘い考えを捨て、残った力を必死にかき集めて叫ぶ。

「そんな話、聞いたら、余計に、受け入れられ、ない。僕は、君を選ばない。同情じゃ、愛は手に入れられない……！」

「あはは、本当にワスレナさんは甘くて優しいなぁ。きっとここも、そうなんでしょうね」

指先が、着衣の上から奥のすぼまりを軽く突いた。鳥肌が立つような嫌悪を覚えたが、同時にこれはチャンスだ、と思った。フレドリックの注意が下半身に向かっている今のうちにと、わななく指先に力を込め、左手首にはまったウェアラブル端末を操作する。

しかしフレドリックは目敏《めざと》く気づき、端末を奪おうと手を伸ばしてきた。

「おっと。せっかく二人きりなんですから、野暮なものは……って！」

ばちっと火花が散った。ワスレナがウェアラブル端末をスタンガンモードに切り替えたのだ。フレドリックが留め具を外して放り投げると同時の切り替えとなったため、気絶させるまでのことはなく、指先を軽く焼くだけの結果となったが。

「いてて、連絡でも取るつもりかと思ったら、のっけからスタンガンか。意外と好戦的ですね、あなた」

焼かれた指先を軽く振り振り、ぼやくフレドリックを睨みつけてワスレナは切れ切れに言った。

「れ、んらくは、しなくても、いい……」

「あ、もしかして、異変に気づいたシメオン博士とかが来てくれると思ってます？　こー、片翼《ベターハーフ》の絆によって、恋人に何かが起こると急にマグカップが割れる！　とか。ソープ・オペラじゃ、お約束の展開ですよねー」

俺も結構あの手の番組好きなんですよね、母ちゃんと一緒に時には涙ぐんだりして。そう言ってケラケラと楽しそうに笑うフレドリックであるが、現実と違うからこそのドラマですよね、とつけ足した。

「無駄ですよ。あの人たちは今頃、トラブルの対応に追われているはずですから」

「博士に、何をッ」

瞬間、インペリアルオーラに逆らってワスレナは身を起こしかけた。危うく頭突きを食らいそうになったフレドリックが慌てて背を反らして避ける。

「あっぶね！　んー、博士にっていうか、ゴールデン・ルールに対して、ですかね。具体的に言うと、サンスポットの残党に匿名でスターゲイザーのセキュリティ情報を流しちゃいました！」

思いきり反り返った間抜けなポーズだというのに、その口から出た言葉は冗談ですまされるものではなかった。

タイムレスウイングの安全性をアピールするため、ゴールデン・ルールの面々がバカンスへ旅立ったこと自体は情報端末《キュービック・チューブ》のニュースでも広く宣伝されている。そこにセキュリティ情報が加われればどうなるか、想像に難くない。

「今夜であれば、俺も含めてゴールデン・ルールの連中はみーんな出払ってる、ってこともつけ加えてあります。見返りに、やつらが制作した最新のSTHの情報をもらって、今それを使ってるんですよ、俺。ほら、どうですか。そろそろ体が熱くなってきません？」

よっこいしょ、と姿勢を戻したフレドリックの指摘に愕然とする。確かに先ほどから変なのだ。異常な強さを持つインペリアルオーラに抑えつけられているせいかと思っていたが、全身がじんわりと痺《しび》れている。熱を、帯びている。

「インペリアル性を極限まで高めると、コンセプションの発情を促せるらしいんですよね。片翼《ベターハーフ》持ちにどこまで効くか分かりませんでしたけど、へぇ、いい感じじゃないですか。あのシメオン博士の片翼《ベターハーフ》に効くなら、大抵のコンセプションはイチコロと見ていいかなぁ」

うっすらと汗をかき始めたうなじや鎖骨のあたりを観察して感想を述べるフレドリックであるが、完全な満足には至っていないようである。

「うーん、でもなー。やっぱりワスレナさん、シメオン博士のことを信用してないでしょ？　ですよねぇ、ヴェニスと陰でコソコソ乳繰り合ってるんだし。そのせいで、別のインペリアルに屈したがっているとも考えられるなぁ」

この期に及《ご》んで冷静な判断に泣きそうになる。平時であれば馬鹿げている、と撥《は》ねつけられる見解も、証拠が揃いすぎている今は容易に否定できないのだ。

「ま、いっか。とりあえず実験を続行して、その結果によって効能を確定させましょう」

ワスレナを振り回すだけ振り回しておいて、フレドリックはいよいよその体へと手を伸ばしてきた。やめさせようとしたが、彼の頭脳によって改造を重ねたＳＴＨは強力だ。全身が重く痺れ、まともに動かせない。

「はーい、ワスレナさん、ばんざーい、もできませんよねぇ」

あはは、と笑ったフレドリックの手によってシャツをたくし上げられ、下半身の衣服を取り去られた。緊張にぴんととがった乳首をからかうように上から下へとなぞられて、ビクンと肩が跳ねる。

「ん、オーラの量はこれぐらいかな。これ以上ぎゅうぎゅうに押さえつけちまうと、完全な無反応になっちゃいますからねえ。それじゃ、つまらない」

ワスレナの反応を見ながら言ったフレドリックの手が足首を掴む。血相を変える暇もなく、股関節《こかんせつ》が痛むほどに開脚された。

「あ、ぅ、うぅっ」

苦しさよりも羞恥でワスレナは身悶《みもだ》えた。小憎らしいオーラの調整によって五感は働いている。先ほど体の奥で受け止めたシメオンの熱が、とろとろとあふれ出す様が自分でも分かってしまう。

「うわ、スゲー。こんなに出てきた」

率直なフレドリックの言葉がさらに頭を加熱する。

「シメオン博士にたっぷり中出しされたままで、ここまで来たんです？　最後かもしれないあの人の温もりを手放したくなかったってとこですかね。いじらしくて本当に可愛いなぁ、ワスレナさん」

「う、や……見るな……」

全身を赤く染めて恥じらうワスレナの尻《しり》の狭間《はざま》に無遠慮な視線を注ぎながら、フレドリックはしみじみと言った。

「しっかし、毎回こんなに出されてるのに、まだ妊娠してないんだ。セブラン様やカイさんたちと違って、あなたたちって本当に相性が良くないんですよねー」

恥部を見られるのとは別種の羞恥がワスレナを襲う。確かにカイであれば、とうの昔に孕んでいただろう。屈辱の涙を零《こぼ》す目元に、屈《かが》んだフレドリックが場違いに優しいキスを落とす。

「あー、泣かないで、ワスレナさん。大丈夫大丈夫、案外俺とだったら、一発で孕んじゃったりするかもですよ？　だって俺たち、ちょー相性がいいですもん」

何を根拠にと笑ってやりたいが、できなかった。四肢を押さえつけているオーラに加え、フレドリックの指がぐっと中に入り込んできたからだ。

「うぐっ⁉」

「あ、まだちょっとあったけーや」

二本の指が第二関節まで差し込まれ、まだうっすらと腫《は》れた縁を内部から押し開く。外から見られるだけでも恥ずかしいのに、濡れた肉を暴かれる恥辱に最早涙も出ない。

フレドリックはといえば、しげしげとそこを覗き込みながら不要な知識の披露を始めた。

「知ってます？　Aの精子とBの精子を混ぜると、お互いに殺し合いを始めるんですって。俺のとシメオン博士の精子、どっちがつえーかな」

気楽な口調であるが、どうやって精子を混ぜる気かと思うと寒気しか感じなかった。どうにかして抵抗しよう、せめて足を閉じようとするワスレナであるが、指先をかすかに震わせることしかできない。

「でも、どうせ別れちゃう男の子供なんて身ごもったら、ワスレナさんがかわいそうだしな。かき出しておいてあげますよ」

「⁉　や、めろッ！」

残酷な実験は取りやめとなったようだが、代案はワスレナに絶望しかもたらさなかった。せめての証と体内に留めていたシメオンの熱が、無情に排除されていく。

「やめろ！　馬鹿、ふざけるな、嫌だ、君の子なんか産まない！　君なんて、大嫌いだ……‼」

こんな非難など、どうせ鼻で笑われるだけだ。分かっていたが他に打てる手もなく、力一杯怒鳴りつけると、予想に反してフレドリックの反応は穏やかだった。

「あなたには楽しい思い出がないらしいですけど、ミドルタウンもいいところですよ。ノーマルは良くも悪くも変化のない暮らしを送ってるから、みんなのんびりしてるし。ジョシュア総帥の方針転換で、コンセプションの居住者も増えてきましたしね」

ワスレナには家の奥に押し込められて過ごした記憶しかないミドルタウンで、フレドリックは何も知らずに平和に暮らしていたのだ。ゴールデン・ルールの理由で運命を変えられるまでは。

「まーゴールデン・ルールが大打撃を受ければ、あいつらの言いなりで暮らしてるミドルタウンの連中もただではすまないかもしれないけど、その時こそ俺の小器用さが役に立ちますよ。いくら世の中が進歩しても、医者はなくならない職業ですからね。むしろ騒動が起これば、必要性も増すし！」

……このあたりの言い草は、どうもゴールデン・ルール云々というより生来の性格ではあろうが、少しだけ胸が痛んだのは事実だった。それが伝わったのか、フレドリックはインペリアル特有の、光り輝くように魅力的な笑みを浮かべる。

「だけど、大丈夫ですよ。ワスレナさんと産まれてくる子供と俺の母ちゃんだけは、絶対に守るから」

——瞬間、あり得ない夢想が脳裏を過ぎったのは事実だった。インペリアルだがノーマルやコンセプションに近い感覚を持ち、過ぎるほどの無邪気さで和ませてくれるフレドリックと結ばれて、ミドルタウンで平和に暮らす。

運命のつがい同士であっても、元の身分が違いすぎると不幸しか産まれない。シメオンはヴェニスだか誰だかと豪勢な結婚式を挙げ、ワスレナは身の丈に合った幸福を手に入れた。これも一つのハッピーエンドではないだろうか。

「さーて、こんなにぐしょぐしょなんだから、もう入れてもいいでしょ？」

儚《はかな》い夢を覚ましたのは、フレドリックの言葉と自身の前を寛《くつろ》げるしぐさだった。シメオンの精液はあらかたかき出されたが、まだしっとりと潤んだ穴がひく、と怯えたように震える。

「博士たちは、まだしばらくはスターゲイザーのほうにかかりきりでしょうしね。大丈夫だと思いますけど、ここまでお膳《ぜん》立《だ》てしたんですもん。お互いゆっくり時間をかけて、楽しみましょうね！」

その手の中に握り込まれた砲台は、ゴールデン・ルールの血族に相応しい長さと太さを併せ持つ。ワスレナの痴態と絶望による刺激を受けて、十分な硬度も備わっていた。

フレドリックとのハッピーエンドを迎えるためには、彼の全てを受け入れねばならないだろう。しかし現実にそれが迫ってきた時、ワスレナの頭を塗り潰したのは恐怖一色だった。

「や……やめ、ふざけ、ばか、やだ、やめろ、や、や」

顔面蒼白《そうはく》になったワスレナは必死に首を振ったが、できるのはそれだけだ。当たりをつけるように内股《うちまた》を彷徨《さまよ》う肉棒を押し留めることはできない。ほどなくして生々しい感触が濡れた穴の縁に触れた、正にその瞬間だった。

不意に、雨風の音が強くなった。誰かがログハウスのドアを乱暴に開いたのだ。

飛び込んできた人影は、高機能レインコートを脱着する手間を惜しんだようである。黒髪も白いシャツもびしょ濡れで肌に貼《は》りつき、悲惨な有様だが、苛烈《かれつ》に光る目には己の惨状など映ってはいなかった。

強大なインペリアルオーラが空気を焼く。ＳＴＨによる増幅など必要はなさそうだ。誰彼構わず平伏を迫る王の怒りを身にまとい、彼は叫んだ。

「やはり貴様か、フレドリック!!」

怒号がワスレナの胸を熱くする。フレドリックによって強制された発熱とは違う。片翼《ベターハーフ》が純粋に自分を心配し、怒ってくれている。それが痛いほどに伝わってきたからだ。

「シメオン、はか、せ……」

「ありゃ」

今にも挿入に及ぼうとしていたフレドリックは、さすがに目を丸くして頭を掻いた。

「あれぇ、事前に準備していたとはいえ、もう残党どもの殲滅《せんめつ》は終わったんですか？　さすがだなぁ、ちょっと甘く見てましたよ」

「事前、準備……？」

シメオンに踏み込まれたにしては薄い反応も気になったが、何よりその単語が引っかかる。するとフレドリックはご丁寧に説明してくれた。

「ああ、サンスポットの残党がスターゲイザーを襲撃するつもりって情報は、早々にゴールデン・ルールもキャッチしてたんですよね。だからこその、エルドラド行きでもあったわけで」

今度はワスレナが目を丸くする番だった。

「わざとスターゲイザーの守りを薄くして、罠《わな》を張って待ち構えていたってわけですよ。俺からも、この日が狙《ねら》い目！　ってリークしてましたから」

「――そうやって連中を消せば、お前が情報源だった秘密も闇に葬られる。そう思ってのことだな」

「そのとーり！　さっすがシメオン博士、あいてぇ!!」

ゴッ、と鈍い音がして、ベッドの上からフレドリックが消えた。シメオンがものも言わずに長い足を振り上げ、見事な回し蹴りで彼を真横に吹き飛ばしたのだ。怒れる彼の戦闘能力は護身術の枠に収まらない。

クライムムービーもかくや、という吹っ飛び方をしたフレドリックは、床に落ちてウーンと苦悶の声を上げる。蹴られた脇腹を押さえ、「やべ、骨いったな」と苦しみながらも冷静な判断を下すのは医者の面目躍如と言うべきか。

シメオンはそれだけではすまさず、倒れ伏したフレドリックからヴェアラブル端末を取り上げた。入れ替わりに自身の端末をスタンガンとして使い、気絶させて完全に無力化させる。

フレドリックが気を失ったせいか、ワスレナを抑えつけていたオーラも霧散した。ふっと体が軽くなり、肌を火照《ほて》らせていた熱源も消える。

よくあるソープ・オペラであれば、間男を撃退してくれたシメオンに涙ながらにすがりつき、ハッピーエンドとなるだろう。生憎《あいにく》とそんな気分ではなかった。来てくれたのもフレドリックを蹴り飛ばしてくれたのも嬉しいが、まだマイナス要素のほうが大きい。

「あなたは……、途中から、全部知っていたんですね」

震えながら、ワスレナはベッドの上に身を起こした。フレドリックに乱暴されかけていた屈辱は彼と一緒に吹き飛んで、今頭を占めるのはシメオンへの怒りだ。

フレドリックに影武者役を頼んだ時点では、彼の企《たくら》みの全貌《ぜんぼう》を見抜いてはいなかったのだろう。しかし、先ほどフレドリックに連絡する必要はない、と言ったのは、シメオンがあからさまにこのログハウスで起こることに気づいている節があったからだ。抑制のガードを潜り、怒りや悲しみが伝わってきたのはそのせいに違いない。

航空工学ラボに使いを頼まれた時のことはもちろん、今日の午前中、浜辺で「シメオン」がどれだけワスレナを傷つけたかも知っていた。その上で沈黙を守り、今夜決定的な出来事が起こるのを待っていた。

言いたいことは分かる。フレドリックはゴールデン・ルールの一員であると同時に、そうであることをおおっぴらにできない、難しい立場に置かれた青年だ。影武者として彼を利用してきた負い目もあるだろう。はっきりとした現場を押さえなければ、問い詰めることはできないという理屈は通る。

しかしそんなものは、ただの理屈にすぎない。

「今頃来て、なんですか。僕には何も教えてくれなかったくせに！　全てを隠して、コソコソと……!!」

「……すまなかった。だが、フレドリックは一族の人間だ。ディンゴ以上に、扱いが難しい相手だ。完全に尻尾を出すまで、泳がせざるを得なかった」

シメオンの口から出てきたのは、正しくワスレナが考えたままの理屈だった。想定内すぎて反吐《へど》が出る。おまけに、肝心のことはいまだ教えてくれないとは。

「へえ、そうですか。一族のためですか。一族のために、ヴェニスとあんなに熱心に話し込んでいたんですか⁉」

ずっと聞けずにいた質問も、ここまで来ては胸にしまっておけない。怒りに任せて解禁すると、シメオンはぐっと言葉に詰まった。

「それは……」

「フレドリックの件に触れれば、この件についても話さなければいけなくなりますものね。だから黙っていたんだ、そうでしょう⁉」

「……ヴェニスとこっそり話していたのは事実だ」

非常に言いにくそうであるが、こうも明確に切り出されては観念せざるを得ないと悟ったのだろう。シメオンは不承不承説明を始めた。

「ディンゴのインペリアル化やSTHなど、血筋《ブラッドタイプ》変更にまつわる様々な研究を元にすれば、あいつをディンゴの片翼《ベターハーフ》にできるかもしれない。協力する気はないかと、持ちかけていた」

一瞬、間抜けな沈黙がログハウスを支配した。

「ど、どうして……？」

ヴェニスの違法フェロモンに当てられてしまった。あるいは本人はそうと意識しておらず、単純に魅力を感じた。とにかくそういった、浮気の経緯を語られるものだとばかり思っていたワスレナは、毒気を抜かれてストレートに聞き返してしまう。

「……あいつとディンゴが運命によって完全に結ばれてしまえば、ディンゴにお前を盗られずにすむからだ」

続く説明は、もっと予想外だった。口の中に用意していた罵詈雑言《ばりぞうごん》は溶け、殴りかかる気力も消え失せたワスレナであるが、とにかくこれだけは分かった。

「……ヴェニスのフェロモンにやられたんじゃなかったんですね」

「当たり前だ。私にはお前以外のフェロモンは効かないことは、お前もよく知っているだろう」

心外だと言わんばかりに断言され、脱力を覚えつつ、もう一つ分かったことを述べた。

「ヴェニスは……、ずっと断っているんですね？　ディンゴの片翼《ベターハーフ》化を」

ヴェニスの立場からすれば魅力的な提案だと思えるが、彼は拒否し続けていた。だからこそシメオンは、影武者を立ててまでワスレナを遠ざけ、粘り腰で説得をしていたのだ。

「ああ、そうだ。あいつは、ディンゴが自分に心を寄せる必要はないと言っている」

「えー、すげー！」

突き抜けたように明るい声が響き渡る。ぎょっとしてワスレナとシメオンが同時に向いた先に、よろよろと立ち上がるフレドリックの脳天気な笑顔があった。自称みそかっすとはいえ、彼もゴールデン・ルール一族の人間である。頑丈な肉体は短時間で意識を取り戻したようだ。

「ある意味、すげー信頼関係ですよね、あの二人。その点あんたら、全然信じ合えてないじゃないですか。それなら、俺が入り込む余地もあるかなー」

致死量ではないとはいえ、かなりの電圧を流されたばかりのため少々呂律《ろれつ》は怪しい。それでもあっけらかんと侮蔑《ぶべつ》的な内容ははっきり聞き取れた。

「てめえ……！」

シメオンの表情が凶悪に歪む。さらなるオーラが放出され、フレドリックも自分で挑発しておいて焦った顔になった。

「あー、だめだめ博士、それ以上はやめてください！　ほら、俺、もうＳＴＨも切れちゃったんでぇ!!　分かりましたよ、降参します、なんだったらヴェニスの説得にも協力しま、がっ!?」

この期に及んで平然と取り引きを持ちかけるフレドリックの頬をぶん殴って黙らせたのはシメオンではない。

凍りつくような怒りを露《あら》わにベッドから飛び降りたワスレナだった。

「え、ちょ、わ、うわっ、まっうぐっ」

切れた唇から血を滴らせながら、フレドリックはまだ少し呆然としている。結構な話だ、扱いやすい。その襟首を摑んで引きずり上げ、二発、三発、固めた拳《こぶし》を今度はみぞおちを狙ってぶち込んでやる。そこは痛覚が鋭敏で殴られると激痛を生じるだけではなく、横隔膜にダメージを与えられるので瞬間的に呼吸困難になる。

「っう、ぐっ、やめ、ごほ、ごほっ」

筋肉がつきやすいゴールデン・ルール一族にとっても直接は鍛えられない場所だ。効果はてきめんだった。お望みどおりに放してやった彼が床に崩れ、激しく咳《せ》き込む様を見下ろし、ワスレナは冷たく言い放つ。

「僕を舐めるなよ、フレドリック。これでも僕は、非合法組織サンスポットに長く属し、ダウンタウンで生き抜いてきたんだ。レーザーウィップが一番の得意武器なのに、手元になくて残念だよ。君の体に直接、南国の花でも鳥でも焼きつけてやれたのに」

声もなく見守っているシメオンの視線を感じるが無視した。出会ってこの方、彼にこのような側面を見せたことはない。スターゲイザーに連れて来られた当初はディンゴに捨られた虚無感が強く、逆らう気になれなかった。片翼《ベターハーフ》になってからは、スターゲイザーの住人らしくせねばという意気込みから、サンスポット時代のような振る舞いは避けねばと感じていた。

そうやってしおらしく振る舞っていた結果がこの有様なのだ。腹が立って仕方がない。フレドリックにも、シメオンにも、誰より自分自身にも。

「実戦経験は少ないが、コンセプションだからこそ身を守る方法を学ばなければ生き抜けない状況だった。そして格上の相手を手負いで逃がしてやれば、後から復讐されることも知っている」

うそぶいて、ワスレナはフレドリックの襟首から手を放した。どさりと床に落ち、いまだ痛む腹を押さえている彼の喉笛を靴底でぐっと踏みつける。ここに全体重をかけられても、ゴールデン・ルールのインペリアル様なら耐えられるのだろうか？

「やめろ、ワスレナ！」

さすがにまずいと思ったのだろう。シメオンが制止の声を上げた。それを聞いたワスレナはあっさりと足を引く。

「ええ、分かっていますよ。フレドリックは手負いのまま逃げることなどできない。彼については、あなた方ゴールデン・ルールが、しかるべき罰を与えることになっているんでしょう？　でも、ちゃんともう一回落としてはおきますね」

ここでワスレナの手を汚さずとも、フレドリックは必ず痛い目を見る。拾い上げた自分のウェアラブル端末で彼にスタンガンを撃ち込み、気絶させたワスレナは、おもむろに拳を握った。

固めた拳がひゅっと風を切る。頬に当たる寸前、腕を立ててシメオンはガードしたが想定の範囲内だ。体調に問題のないゴールデン・ルール一族と対等にやり合えるとは思っていない。

分かっているが、腹が立つものは立つ。素直に的になってくれればいいものを！　二度、三度、矢継ぎ早にラッシュを繰り出し、合間に蹴りを混ぜて壁際へと追い込んでいきながら、ワスレナは叫んだ。

「なんで、どうして！　どうしてもっと早く、ディンゴに嫉妬してるって言ってくれなかったんですか!?」

ダウンタウンの日々を思い出し、顔をしかめていたのもヴェニスには関係ない。あれはワスレナとディンゴがダウンタウンで過ごした日々に思いを馳《は》せて勝手に苛立っていたのだろう。

さっさとそう言ってくれれば、フレドリックが介入してくる余地などなかったはずだ。馬鹿なことをと笑い、シメオンが希望するならＳＴＨの解析チームからも抜けるか、もしくはディンゴとは直接触れ合わないようにしただろう。今さらの焼きもちは閨《ねや》でのスパイスとして消費され、それで終わりになったはずだ。

ところがシメオンの意見は違うようだった。

「言ったところで、お前は認めなかっただろう。自分がまだ、ディンゴに心を残していると!!」

ワスレナの攻撃全てを的確にガードしながらの反撃が心臓を一突きした。刹那《せつな》、ワスレナの動きが止まる。

でも、シメオンだけを愛さなくてもいいのよ、ワスレナ。そう言って笑ったエリンの声が耳に木霊《こだま》した。思わず、あの時と同じような言い逃れを口にしてしまう。

「……何を、馬鹿な。なんの感情もないと言えば、嘘になりますが。でも僕は、もうッ」

不意に襟首を掴み上げられた。見開いた瞳に撃ち込まれる強いまなざし。怒りと嫉妬に燃え盛るインペリアルオーラを至近距離から浴びせかけられ、脳が揺れる。

くらりと目眩《めまい》を覚えたと思ったら、背中に衝撃を感じた。壁際まで追い込んでいたはずのシメオンと体勢を入れ替えられたのだ。どん、と重い音を立てて壁を突いた両手がワスレナの頭を挟み込んでいる。

「とぼけるんじゃねえ。ディンゴと話す時の目つき、表情、声音。俺が気づかないと思ったか!? 振り切ったふりをしていても、外から見れば一目瞭然《いちもくりょうぜん》だ。俺の片翼《ベターハーフ》のくせに、俺の心をこんなにも動かしたくせに……!!」

片翼《ベターハーフ》の感情が流れてこないことを嘆いていたワスレナであるが、今は注がれる感情の量に溺死《できし》しそうだ。なまじ普段が無表情に近く、何を考えているか分からないと言われがちなシメオンの感情の海はエルドラドを囲むものとは違う。透明度の低い、暗くて深い海の波間で必死に息を継ぐしかない。

「それでも俺は、お前を愛している」

溺《おぼ》れそうな耳に届いた声に、ワスレナははっと身を強張《こわば》らせた。流れ込む感情に手一杯で、ろくに見ていなかったシメオンの表情を確かめれば、彼は眉間《みけん》にしわを寄せて苦痛に耐えるような顔をしていた。

「確かに俺は、今でもお前の全てを信頼しているわけじゃない。だが、愛している。裏切り者は一族でも始末するが、やつのために俺を裏切ったことがあり、今でもディンゴを一番に愛しているかもしれないお前のことは、それでも一番に愛している……!!」

一際大きな感情の大波が飛沫を上げてワスレナを襲った。最早波間に顔を出すこともままならず、暗い水底に引き込まれていく。

「お前が、俺がお前をいらないと言ったとしても、ずっと愛し続けると宣言した時……お前がかわいそうで仕方がないのに、同時に救いようのない喜びを感じていた」

倒れ込むように、シメオンが身を寄せてくる。沈んでいくワスレナに手足を絡め、二人一緒に、愛と執着の底へと沈み込む。

「いつも、俺が求めてばかりだ。お前がこんなにも俺を想ってくれていると分かって、嬉しかった……」

つぶやく声は寒気がするほど甘い。先ほどのフレドリックとどこか似た調子で、うっとりとつぶやいた声が一転して激しく揺れる。

「俺の世界はずっと静かだった。うっとうしい連中を全て切り捨てて、研究さえしていれば幸せだった!! お前と出会ってから全てが変わってしまった。どうしてくれるんだ、全部お前のせいだ……!!」

悲鳴のようなシメオンの声を道連れに、二人きりの海底へ共に沈んだワスレナの表情も苦悩に満ちていた。しかしそれは、悲しみのためだけではなかった。

不安だったのだ。

生まれながらにインペリアルの頂点にあり、この世の全ての幸福を手にしているはずのルミナリエ三兄弟の三男が、運命で結ばれた片翼《ベターハーフ》の一番ではないかもしれないと思うと、それを口に出せないほどに不安だったのだ。

あの時口元を隠した手の下で、きっと口角を吊《つ》り上げていたシメオンを責めることはできない。

――かわいそうだと思うのに、どうしようもなく、嬉しい。その感情を、今ワスレナも味わっているのだから。

「……シメオン、博士……」

濡れて額に貼りついた黒髪をそっと払ってやる。爪先《つまさき》立ちをして、冷えた唇にキスを贈

れば、彼は無言で抱きしめてきた。まるで、すがりつくように。

そこへ唐突に大勢の足音が雪崩《なだ》れ込んできた。ぎょっとして戸口を見やれば、先頭はセブランとジョシュアだ。ひどく険悪な顔つきをしたカイもいる。

「取込中のところ悪いな、シメオン、ワスレナちゃん。サンスポットの残党どもはキレーに制圧完了。フレドリックの馬鹿を回収しに来たぜ」

セブランが抱き合う二人を見て軽快なウインクを飛ばしてきた。サンスポットの残党たちが暴れたのはスターゲイザーのはずだが、なぜかセブランは片頰を腫らしている。夕食の段階までは一緒にいたのだから、ちょっと行って帰ってきた、ということはあるまい。

「やれやれ、この楽園に簡易版とはいえ、収監施設を作ることになるとはねえ……次に使うことがないことを祈るよ」

ジョシュアはため息交じりにぼやく。どうやらフレドリックを閉じ込めるため、急遽《きゅうきょ》そのような施設を作る必要性が生じたらしい。確かに彼の頭脳と権限を封じ込めるためには、それなりの檻《おり》が必要だろう。

ゴールデン・ルールに加わろうとする者として、ワスレナはそこまでは納得した。納得しきれなかった分はこれからツケを払ってもらおう。

「――ジョシュア様とセブラン様も、フレドリックのこと、全部ご存じだったんですね」

「うん、まあね」

穏やかに笑って、ジョシュアはうなずいた。フレドリックは罪悪感を覚えていないように笑っていたが、ジョシュアは違う。彼の笑顔は罪悪感を超えている。初めて本気で、彼を怖いと思った。

偽シメオンが近づいてきた時、きっとジョシュアは偽物であると分かっていたのだろう。今にして思えば、三兄弟へ一斉に連絡が入ってきたのも偽物出現を促す罠だったに違いない。

それなのに、二人きりにさせるふりをしてその場を離れ、ウェアラブル端末を操作し、兄弟たちに連絡をしたのだろう。もたもたと覚束《おぼつか》ない指で、誤字の目立つ文面を送ったのだろう。

これからワスレナがどれだけ傷つくか分かっていたくせに。

「エリン義姉様とカイ義兄さんは」

「エリンさんは知っていた。俺は、ついさっき聞かされた。顔に出るタチなんでな」

つっけんどんに応じたのはカイだった。彼の不機嫌の理由はワスレナではない。その証拠に、カイはさっきからセブランに向かってガンを飛ばし続けている。

「でしょうね、あの時僕らを散歩に連れ出したのはエリン義姉様ですし。だからセブラン様が、頬を腫らしているわけですか」

ワスレナより早くゴールデン・ルールへ正式に迎え入れられたカイは、喧嘩《けんか》っ早いと言われてしまうほど気性がまっすぐだ。ソープ・オペラでは可憐《かれん》な味つけをされていたりもするが、今でも時折ダウンタウンに里帰りしているせいもあって、腹が立つことがあればすぐに手が出る。

それでもカイは、セブランの頬を腫らす以上のことはしない。片翼《ベターハーフ》でなくとも彼の心がいまだ波立っているのは分かるが、カイも理解している。

愛人の子とはいえ血族であるフレドリックの裏切りは、ディンゴがジョシュアを裏切った以上の衝撃を方々にもたらすだろう。この世界を統べる一族はいずれ誰かに席を譲るにしても、今突然、内紛によって瓦解すれば大きな争いが生じる。その際の犠牲になるのは、弱者——コンセプションである。災厄の芽を速やかに刈り取るためには、これが最善の方法だったのだと。

セブランもそれを理解している。だから気がすむまで殴らせてやったのだ。シメオン同様、本気のゴールデン・ルール一族がコンセプションの拳を避けられないはずがないのに。いつもワスレナを可愛がってくれているセブランも本物なら、小賢《こざか》しく立ち回って事態を一見穏便に収拾させるセブランも本物。偽物として接してきたフレドリックが可愛く見えるな、という苦い考えを振り切ったワスレナは無言で拳を振り上げ、ジョシュアの左頬を殴り飛ばした。

「ワスレナ⁉」

「おい、ワスレナ‼」

さすがに驚いたようだ。セブランとカイがぎょっとした声を出し、シメオンも絶句している。だがジョシュアは顔をしかめこそすれ、そこまでびっくりしたようではない。

「うわ、痛いな……さすがディンゴの仕込みだね」

「――そうですね」

おそらく今のは嫌味ではなくて天然だ。なるほど、ディンゴが愛しながらも憎むはずだと思いながら、ワスレナは右頬も殴り飛ばした。これは効いたようで、大柄な体が少しよろける。

「……自分の葬式代まで用意していた、覚悟の決まったコンセプションだとは聞いていたけど、二発目が来るとは思わなかった……」

「一応、エリン義姉様の分です。さすがにあの方に危害を加えるわけにはいきませんから」

「――だね。そんなこと、僕がさせない」

わずかにジョシュアの声が下がる。彼が愛するエリンもまた、全てを知った上でワスレナにディンゴについて語ったのだ。ここに来ていないのは、ワスレナに対して後ろめたいのではなく、万一フレドリックが過剰に暴れたりした場合に危険だからだろう。

「シメオン博士と結婚するということは、あなたたちの一族に加わるということなんですよね」

深いため息をついたワスレナは、ぽつりとつぶやいた。

「……別れようかな」

「そんなことはさせない」

途端に、ぐっと手首を掴まれる。兄弟たちとの息詰まるやり取りを見守っていたシメオンのオーラが再び燃え上がり、ワスレナの全身を包み込んでいく。

「お前が俺を一番に愛していなくても、憎んでも嫌っても、今さら放せねえ。檻に閉じ込めてでも、側に置く」

「――知っています」

もう一度深々とため息をついてから、ワスレナは首肯した。シメオンの自分への執着だけは絶対だ。今回の件でそれは痛切なまでに分かったが、それにしても、と思ってしまう。

「片翼《ベターハーフ》が相手なら、何も疑わずにすむと思っていたのに……」

「ソープ・オペラの見すぎだな」

次の瞬間、ワスレナの拳がシメオンのみぞおちに突き刺さった。間一髪ガードしたシメオンであるが、全ての勢いは殺しきれなかったようだ。ぐ、と目を見開いて咳き込む弟を見て、セブランは「……お前は本当に懲りねえな……」と呆《あき》れている。

「まあ、いいですよ。あなたがたとえ、あなたを一番に愛していないような僕でも、そこまで愛してくれるって分かりましたから」

「俺が一番じゃないのか⁉」

強烈な痛みもどこへやら、恐ろしい早さで詰め寄られて笑ってしまう。笑いながら人を憎むことはできない。頭でっかちで情緒が未発達で、この年になってようやく手に入れた愛を前にどうしていいか分からず右往左往しているインペリアル様を、自分がもう八割方許してしまっていることにワスレナは気づいていた。

「いいえ。あなたが一番です」

同時に、ずっと目を逸らしていた事実にも気づいていた。

「なら、二番の存在は許してくれるってことですよね？」

にっこり微笑んだワスレナは、なに、とつぶやいた固まったシメオンを尻目に彼の兄たちに語りかけた。

「申し訳ありませんが、後始末をお願いします。僕とシメオン博士は、僕らのログハウスに戻って話し合うことがありますので」

「いいよ。君もシメオンも、外よりひどい嵐に巻き込まれたんだ。ゆっくりしておいで。でも明日は早起きで頼むよ、スターゲイザーに戻らないとならないから」

ジョシュアも笑顔で返事をしてくれる。弟たちを気遣いながらも、襲撃を受けてそれなりにダメージを負ったはずのスターゲイザーに戻り、フレドリックの処分をせねばならない。兄と総帥、両方を一度にやれるから、彼はゴールデン・ルールの顔なのだ。

「……釣りもスキューバも、またの機会ってことですね」

　肩を竦めたワスレナは、まだ動揺著しいシメオンを引っ張って嵐の中に出て行った。


　移動日を含めて五日ぶりに帰ってきたスターゲイザーは、外から見る限りはなんら変わりがなかった。天まで届けとばかりにそびえたビルの下部は買い物客で賑わい、先日ここで大立ち回りがあったことに気づいている様子はない。

　旧サンスポットの残党たちは首魁《しゅかい》の捕縛によりかなり数を減らしていることもあって、正面から堂々と喧嘩を売りに来たわけではなく、まずはゴールデン・ルールの根城である最上層部から攻略しにかかった。巧妙に隠されていた記録を辿ると、フレドリックもそうするように勧めていた。

　待ち受けていたゴールデン・ルールの警護部隊と残党はそこで衝突した。大半は呆気《あっけ》なく返り討ちとなったが、特にディンゴの房がある血筋《ブラッドタイプ》研究ラボ付近では激しい攻防戦が繰り広げられたのだそうだ。

「だから、独房が壊されてしまったわけですか」

「あっさり片翼《ベターハーフ》に乗り換えたお前と違って、最後まで私を慕い、助けようとしてくれた連中だからな。執念の度合いが違う」

強化ガラス越し、もっともらしくうなずくディンゴをどうにかして取り戻そうと、残党たちは躍起になっていた。リミッターを解除した溶解銃で体のあちこちを溶かされながらも突進をやめない彼等の執念は、ついにゴールデン・ルールが誇る牢を破壊するに至った。

しかし、そこまでだった。続けてディンゴの拘束を解こうとしたところで、残党たちは無力化された。

そのためにディンゴは一時的に壊された房を出され、ヴェニスと同じ房に収監されているのである。修理の予定はあるのだが、高性能であるがゆえに専門の業者の手配と時間が必要なのだ。

「それにしても、お前たちだけということは、やはり裏で糸を引いていたのはフレドリックのやつか」

いきなりの名指しに、ワスレナは動揺を抑えきれなかった。あまり表に出てはいないと思うのだが、余人ならまだしも、相手はワスレナを知り尽くしたディンゴである。

「おや、図星のようだな。ただの当てずっぽうだが」

「……そうでもないでしょう。僕やシメオン博士だけではなく、フレドリックまで姿を見せなくなったことに、あなたは疑問を持っていたはずだ」

バカンスのため留守にすることはディンゴたちにも伝えてあったのだ。ところがフレドリックまでなんの説明もなく姿を消し、監視も世話もシステムに任せきりとなった。勘のいいディンゴが、何かがおかしいと思うのは無理もない。

「あいつもヘラヘラ笑顔の下で、ゴールデン・ルールの崩壊を望んでいたというわけか。気持ちは分かるがな。ところでやつは、すでに処刑したのか？」

「貴様には関係ない」

ガルッと喉奥でうなるようにして吐き捨てたのは、ワスレナの後ろに控えたシメオンである。噛みつきそうな怒気を発する片翼《ベターハーフ》を振り向いたワスレナは、そっとその手に触れて制した。

「シメオン博士、ディンゴ様との話が終わるまで待っていてくれる約束でしょう？　もう少しだけ、我慢してください」

ごく自然に「ディンゴ様」呼びを復活させたワスレナは、改めてディンゴに向き直る。

「お察しのとおり、フレドリックが今回の騒動を引き起こしたのは事実です。彼の処遇は現在審議中ですので、答えることはできません」

フレドリックをどう処分するかは、ゴールデン・ルール内でも意見が分かれている。

総帥であるジョシュアは「一族の人間だとメディアにすっぱ抜かれないうちに、内々に処刑が妥当」としていたが、影武者役を何度も頼んでいたらしきセブランは「俺たちの扱いにも原因があったんだろうし、殺すには惜しい才能なんだよな。ただしワスレナとカイちゃんとステフには二度と近づかせねーから」と処刑ではなく収監を提示。シメオンは「俺が直々《じきじき》に殺す」と息巻いていた。エリンやカイも、殺すのは気の毒だが、やはり収監は必要であろう、という意見だった。

なお、フレドリック本人はこういう態度である。

『ワスレナさんに喉笛を踏み砕かれかけて目が覚めました！　やっぱりあの人はただのコンセプションじゃねーや、さすがディンゴに育てられてシメオン博士に愛されてるだけのことはある!!　もう二度とこんなことはしないので、殺さないでくださーい！　できれば牢屋もやだー!!　監視ぐらいは仕方がないと思うけど、できるだけこれまでどおりでお願いします！　別に愛人の子扱いのままでいいんで!!』

図々しいにもほどがある助命嘆願である。周囲は驚くやら呆れるやらであるが、結局のところ、彼は今も生きている。

理由は二つ。一つは規制量を超えた自白剤を投与しても、その言い草が変わらなかったこと。もう一つは、医者に落ち着くまでにゴールデン・ルールの権限でいろいろな職務を転々としていたフレドリックが、各地のシステムに危険な仕掛けをいくつも潜ませていることが本人の証言で分かったからだ。

現在の彼は、見張り役を引き連れて元職場へ出向き、悪戯の数々を取り外す日々を送っている。その頭脳の破壊に至るような自白剤の投与は本末転倒であるため、本人にやらせるしかないからだ。

「これが俺の、ワスレナさんへの愛の証だと思ってください」とのメッセージを本人からのたっての希望、という理由で受け取ったワスレナは、一度読んだそれをシメオンが消す前に自分で消した。死んでほしいとまでは思っていないが、もう二度と顔を合わせたくないので、遠いどこかに閉じ込めておいてほしいのがワスレナの願いである。

それら全てをディンゴに話す必要がないのは当然だ。しかしディンゴはワスレナの落着き払った態度自体に何かを感じたようだった。

「どうした、ワスレナ。話はそれだけか？　ヴェニスを気にしているようだが」

ディンゴの斜め後ろに無言で立ち、ヴェニスはじっとこちらを見ている。その目には特別な感情はなく、ワスレナや「待て」を守っているシメオンがディンゴに危害を加えはしないかと見張っているだけだ。

ヴェニスの四肢もがっちりと拘束されており、ボディガードの役目を果たせるような状態ではない。たとえ手足を断ち切られていようが、彼はそれが可能な状況であればディンゴの身辺に目を配り続けている。昔から、そういう性格だった。

そういう性格だから、連れて行ってもらえたのだ。

「……そうですね」

苦い思い出に浸りながら、ワスレナは否定せず相槌を打った。

「こいつがシメオンに、妙な取り引きを持ちかけられたからか」

「……やっぱり聞いていましたか。そうですね、それもあります」

背後のシメオンから気まずそうな気配が伝わってくる。彼も口止めはしていたようだが、まさかこのような形でヴェニスとディンゴが同室になるとは思っていなかったのだ。

どんなにひどい罰を受けると脅されていたところで、ディンゴが話せと言えばヴェニスは持っている情報を全て渡す。そういうところも、昔から変わらない。

気味の悪いやつだと思っていた。同時に、羨ましくも思っていた。それは過去の話だと思い込もうとしていたが、本当はワスレナだって、何も変わっていなかった。

「お前はヴェニスに嫉妬を覚えているようだったからな。檻の中であっても、私といられるこいつが羨ましいか？」

嘲りがぎゅっと心臓を掴む。――ああ、やはり、ディンゴはそれもお見通しだったのだ。

エルドラドに行く前のワスレナであれば、何を馬鹿なと気色ばんで怒鳴りつけたことだろう。仮にそうであったとしても、昔話だと反発しただろう。図星だからこその反発なのだと、気づくこともなく。

「……そうですね。確かに僕は、あなたに選ばれているヴェニスが憎らしかった。ずっと、嫉妬していた」

偽シメオンにぶつけられた言葉は、あながち間違ってもいなかったのだ。だからこそ心に響き、正体を見破れなかった。

「私は選ばれてなどいない」

間髪《かんはつ》を容《い》れずヴェニスが否定してくる。ディンゴの片翼《ベターハーフ》になれるとの誘いを言下に拒否し続けていたヴェニスは、本心からそんなものを必要としていないのだ。あまりの揺るぎなさに笑いを誘われた。その余裕が、今のワスレナにはあった。

「そんなことはないさ。だってディンゴ様は、殺されそうになっていたお前を庇ってくれたんだろう？」

「……それは」

滅多にないヴェニスの動揺に微笑んだワスレナは、全てを振り切るように首を振る。

「でも、いいんです。今はむしろ、ヴェニスがいてくれてちょうどよかった。あなたたち二人に、言っておきたいことがあるんです」

「……一体なんのつもりだ」

いつにない態度を警戒しているのか、表情を引き締めたディンゴを見つめ、決意して口火を切った。

「ディンゴ様。あなたは、僕の父親のような存在なんです」

敬愛を込めて呼べば、ディンゴが少しだけ意外そうな顔をした。ヴェニスも珍しく驚いた様子だ。シメオンは黙って唇を噛み締めている。

少し気の毒であるが、この話が今日の本題なのだ。エルドラドを発《た》つ前日の夜に約束したとおり、このまま黙って話を聞いてもらう。

「ノーマルの両親に疎んじられ、家の奥に閉じ込められていた僕は本当に世間知らずだった。あの日、あなた以外の誰かに拾ってもらえたとしても、安手の売春宿にでも売られて数年で息絶えていたことでしょう」

コンセプションの子供を持て余した親がダウンタウンに捨てるのは珍しいことではない。特にワスレナのように、ノーマルの両親から突然生まれたコンセプションはそのような目に遭いやすい。へその緒がついたまま放置され、野犬に食われてしまう例もあるのだ。

「でもあなたは、僕を実験動物として扱う一方で、ある程度の教養は与えてくれた。身を守る術《すべ》も与えてくれた。優しさも愛も、それなりに与えてくれた」

従順な実験動物に与える程度のものにすぎないと分かっていても。ジョシュアの運命になれないノーマルの彼は、コンセプションを憎んでいるのだと理解し始めても。

「だから僕は、あなたに捨てられたと分かっても、しばらくの間はあなたを諦《あきら》められなかった。……でも、そんなの嘘だった。本当は、シメオン博士の片翼《ベターハーフ》となった今も、あなたに愛し愛されることを諦められていない」

僕にはもうシメオン博士がいる。我が身に危険が迫れば呆気なく放置して逃げ去った神など、侮蔑の対象でしかない。必死にそう思い込もうとして、随分と空回りしてしまった。

「もちろん、一番はシメオン博士です。でも、エリン義姉様はおっしゃいました。大切な人は世界にただ一人だけ、なんてほうが珍しいんだって」

「……あのアマ」

口の端を歪め、ディンゴが吐き捨てる。彼女がどんな気持ちでワスレナにそう言ったのか、おおよそ察したのだろう。二人はノーマルとコンセプションであり、同じインペリアルを取り合う恋仇《こいがたき》でもあったが、長い時間を共有した戦友でもあるのだ。

「ディンゴ様が裏切り者の僕のことなんて、愛していないことも知っています」

「それは違う」

どこか幼い表情を捨て去ったディンゴは、あの日出会った神の目でワスレナを見下ろしている。

「ワスレナ。私が拾って名づけた可愛い子猫。私も私なりに、お前を愛している」

「——知っています」

知っている。悲しいほどに知っている。誰にだって大切な相手は一人だけではないし、コンセプションは人の心に敏感だ。打算で飼われている実験動物であっても、体調を崩した時に側について頭を撫でてくれた、あの温もりの全てが嘘だったとは思えない。

「あなたが拾ってくれなければ、父さんと母さんがコンセプションである僕を産み育ててくれなければ、僕はシメオン博士たちと会えなかった」

　全ては繋がっている。どのピースが欠けても、この楽園に辿り着くことはできなかった。だからこそワスレナは、いまだ自分の心に住んでいる神々を否定しない。

「これからも僕は、あなたを愛し続ける。父さんと母さんのことも、愛し続ける」

　それは未練がましさにも繋がるものの、コンセプションに天が与えた才能である、と今は考えている。ノーマルやインペリアルに顧みられることは少なくとも、ひそかに、静かに、想い続けられる。

「だけど、僕がほしかった、ただ一人として愛してくれる人は見つかりました。――今まで、ありがとうございました」

　深々と頭を下げる。清々《すがすが》しい気持ちだった。胸の底に溜《た》まっていた泥水のような感情を全て吐き出して、生まれ直したような気分だった。

「それと、ヴェニス。ディンゴ様を一番に愛する役目は譲る。でも、お前がそうやってディンゴ様以外に協力しない態度を貫けば、ゴールデン・ルール側も強硬な態度を貫くだろう。大体お前に何かあれば、またディンゴ様に怪我《けが》をさせることになるかもしれないんだぞ。少し考えて……うわッ⁉」

　最後まで言えなかった。ワスレナの隣に並ぶなり、ぐいと肩を抱き寄せたシメオンは、ディンゴを睨んで宣言した。

「私はワスレナをパートナーだと大々的に発表し、結婚する」

ワスレナとディンゴとヴェニスが三人揃って目を丸くする、という珍しい現象が起こった。一拍置いて、ワスレナがようやく慌て始める。

「ちょ、シメオン博士、黙って聞くだけの約束だったでしょう⁉」

「それはお前がディンゴに、あくまで二番手以下ではあるが愛を告白するまでの話だ。もう終わっただろう」

約束は守ったと言わんばかりだ。それはそうだが、だからといって看過できる内容ではない。

「そりゃ、いつかはちゃんとお披露目もしてほしいですし、結婚……だって、してほしいですけど、ここまで待ったんですよ⁉　今になって、そんなに急がなくても」

「ゴールデン・ルールの都合で、ここまで待たせてしまったんだ。その結果が、下らない誤解や遠回りを生み出した」

時期を見る必要があるからと、情報を小出しにしてじりじりと周知する範囲を広げていった。間違った方針ではなかったが、フレドリックがちょっかいをかける隙《すき》を作ってしまったのは確かである。

「でしたら、まずは身内だけの式からで」

「最初はそれでいい。だが、間を置かずに盛大なパーティを開く。兄貴たちには、すでに話を通してある。あやふやな立場でお互いの気持ちを傷つけるなら、そうしたほうがいいとの許可は得た」

　ワスレナが反対することも織り込みずみのようだ。良くも悪くも、いつもどおり抜群の行動力である。反論の出鼻を挫《くじ》かれたワスレナに、シメオンはさらに言った。

「お前との仲が安定していないと、私の心はかき乱され、集中力が失われることがよく分かった。これは世界にとっても大きな損失だ。無理をさせるだけの価値はある」

「あ、相変わらず、僕だけ置き去りにして話が進んでいるのは、変わらない気がするんですが……」

　一歩遅れてワスレナの口から出た反論は弱々しく、ディンゴを射殺しそうな目で睨みつけ始めたシメオンの耳には届いていない様子だ。

「ディンゴ。俺は貴様に感謝などしねえ。どんな形であっても、俺とワスレナは出会ったはずだ。片翼《ベターハーフ》とはそういうものだ」

「――これはこれは、ロマンチストになったものだな、お前も」

　芝居がかったしぐさでディンゴは肩を竦めた。サンスポット時代の彼であれば、大仰に両手を広げてみせるところだが、生憎と電子手錠が邪魔をしているのだ。

「別に構わんぞ。結婚でも離婚でも好きにするがいい。私のお古がそこまで気に入ったのなら光栄な話だ」

　馬鹿馬鹿しい、とばかりにディンゴが背を向けると同時に、シメオンはディンゴたちの独房内を管理しているシステムのコンソールへと手を伸ばした。

「だめです博士、スタンガンは無闇に使わないように言ったでしょう！」

「分かっている、出力は抑えてやる!!」

ヴェニスが視線だけで臨戦態勢を取る中、一悶着《ひともんちゃく》の末、シメオンはぎりぎりでスタンガンの使用を思い止《とど》まった。その代わりとばかりに怒りのオーラを放出させながら、怒鳴りつける。

「貴様とヴェニスは、今度は俺の研究の実験体だ。命が惜しければ、今後二度とワスレナを侮辱するな!!」

「仰せのままに、シメオン博士」

いまだ背を向けたまま、ディンゴはうそぶくのだった。


これ以上ディンゴたちと顔を合わせておくのはよくない、と判断したのだろう。シメオンを引っ張ってワスレナは去っていった。

まだ怒っている片翼《ベターハーフ》をなだめるため、苦笑しながら話しかけている横顔が見える。別れ際に通話システムを切られたので詳しい内容は分からないが、困りながらも目元に漂う表情の甘さで大体のことは分かった。

それはかつて、ディンゴがまともに相手をしてやっている時とまったく同じものだった。とはいえディンゴの気紛れの優しさはいつ品切れになるか分からないため、どこかおどおどしたものも同時に漂うのが常だったが、今のワスレナにそんな様子はない。心から相手の愛情を信じているのが分かる。

と、そのままラボの外まで出て行くかと思いきや、ふとシメオンがこちらを振り向いた。眉間のしわが深くなった次の瞬間、ふ、と小馬鹿にしたように笑った彼は、やにわにワスレナを抱き寄せて唇を重ねたではないか。

「……ガキだな」

あまりの子供っぽさに呆れるディンゴをよそに、シメオンはワスレナを連れて悠々と去って行く。途中で足でも踏まれたのか、立ち止まる場面もあったが、寄り添い合う二人はやがて視界から消えた。

「……フン、どいつもこいつも……」

ジョシュアとエリンの人目もはばからぬいちゃつきぶりを見て、眉をひそめていたシメオンぼうやは遠い過去の記憶となったらしい。まこと片翼《ベターハーフ》とは恐ろしいものである。

エリンと会う前のジョシュアはどんなやつだったのか。刹那、脳裏を過った考えを即座に追い払う。考えるだけ無駄だ。出会った時からジョシュアはエリンと共に在った。ディンゴの知っているジョシュアとは、エリンあっての人間なのだ。

小さなため息をついたディンゴは、当面の危機は去ったと見たのか、警戒を解いたヴェニスに視線を投げる。ディンゴが愛を示そうが暴力を振るおうが、そうプログラムされたアンドロイドのように側を離れないコンセプション。

あの雨の日、たまたま見つけて拾ってやったワスレナのようにドラマチックな出会いをしたわけではない。他の実験体同様、どこぞの売春宿で使い潰《つぶ》され、死にかけていたのを大量にまとめて拾ってきたのだろうがあまり覚えていなかった。半身誓約実験を重ねるうちに一人、二人、と完全に壊れていき、たまたま残ったのがコンセプションとしても低レベルだったヴェニスというのは驚きではあったが、それだけだ。

「私がお前を愛する必要はない、か」

盲目的な忠誠の裏には、ディンゴからも気持ちを返してほしいという願いがあるものと考えていた。それが当然だろう。ワスレナのように、かつてのディンゴのように、愛するのは愛されたいからだ。

けれどヴェニスは、シメオンが提案したディンゴの片翼《ベターハーフ》になれるかもしれない希望を一蹴《いっしゅう》した。実際にそれが可能かどうかは別としても、並みのコンセプションであれば喉から手が出るほどほしい奇跡であろうに。

身命を損なう可能性があるから、という理由ではあるまい。自身の体を気にするような神経を持っていれば、異常な量のフェロモンを垂れ流すような手術を受けはしないだろう。

だがヴェニスは、形だけの確認をディンゴが取るたびうなずいてきたのだ。それがディンゴ様の望みなら、と。

「そもそも、それ以外のことは滅多に口にしないやつだがな」

「？　どうかされましたか」

「なんでもない」

適当にごまかして黙り込んだディンゴに、少し考えてからヴェニスは言った。

「私にとって大切な方は、この世でディンゴ様、ただお一人です」

エリンの言葉を真っ向から否定する目に迷いはない。ただでさえ、聞き慣れた口癖より長くしゃべるヴェニスは非常に貴重である。思わずディンゴはまじまじとその浅黒い顔を見つめてしまった。

「あなたがいてくだされば、私はそれでいいのです。ですからもう二度と、私を庇ったりなさらないでください」

信徒が神に捧げるような、あるいは親が――真っ当な親が――我が子に注ぐような、存在へ傾ける絶対の愛情。片翼《ベターハーフ》という運命にすがることを求めない、自立した愛。

――しかしそれは、いざとなればコンセプションである彼には、運命にすがる道が残されているからではないだろうか。ノーマルの身では夢見ることすら叶わない、運命が。

「お前にも、この世界のどこかに、本当の片翼《ベターハーフ》とやらが……」

言い止して、ディンゴはフン、と肩をそびやかし会話を打ち切った。

「……はぁ」

ディンゴたちと別れ、二人の部屋へ戻ってきた瞬間、どっと力が抜けたワスレナは大きなため息をついた。旅の疲れもあるからと、今日を休養日にしておいてよかったと心から思った。

「大丈夫か、ワスレナ」

「ええ、誰かさんのおかげで、終始シリアスな空気ってわけでもありませんでしたしね」

すかさず気遣ってくれたシメオンに笑いかけたワスレナは、改めて礼を述べた。

「ありがとうございました、博士。約束を守ってくださって」

「……まあな。たくさん傷つけてしまったからな」

ちょっとした拷問を受けた気分であろうが、フレドリックの件についてはワスレナも長期にわたり気を揉《も》んできたのだ。最後は多少フライング気味だったことも含め、特別にこれで許してやろうと思ったが、途中で気が変わった。

「ついでにもう一つ、傷つけさせてもらってもいいですか」

「……なに？」

警戒を露わにするシメオンにぎゅっと心臓が絞られる。やっぱりやめようか、とも考えたが、この際だ。全てを吐き出してしまおうと思った。

「とっくにご存じかもしれませんが、僕の両親はノーマルでした。コンセプションの息子を持て余し、名前もつけずに家の奥に閉じ込めていた。そんな僕がどうして急にダウンタウンへ捨てられたかというと、思春期を迎えて発情期が始まった僕に、父が欲情したからです」

目を伏せて一気にしゃべった後、そっと上目遣いでシメオンの反応を見やる。彼の顔からは一切の表情が薙《な》ぎ払われていた。

一拍置いて、その心に走った衝撃が伝わってくる。そのような事例は彼も知っていようが、愛する片翼《ベターハーフ》の身に降りかかりかけていようとは思わなかったのだろう。

「……ご存じなかったのですね」

「……ああ。前にも言ったように、お前の親については特定すら難しく、特に必要性も感じなかったので深い調査は……」

「いいんです、調査なんかしなくて。僕が言うことを、信じてくだされば」

そういうことを求めているわけではないのだ。だが、そう取られても仕方がないのは分かっている。もどかしさに舌が絡み、指先が痙攣《けいれん》するようにぶるぶると震えた。

「こ、こんなこと、インペリアルで、ご家族との仲がいいあなたには、にわかに信じられない話だと思います。でも、本当なんです。僕の父さんは、本当に僕をいやらしい目で見ていて、それに気づいた母さんが僕をダウンタウンに捨てた」

ディンゴは父親の代わりだった。

ノーマルの自分たちからコンセプションが生まれるはずがない、とワスレナを家の奥に閉じ込め続け、手の平を返して体を狙い、ダウンタウンに捨てることをよしとした実の父親の代わりだった。そうであるからこそ、彼に捨てられるのが怖かったのだ。

「でも、母さんだって、僕のことを変な目で見ていた。だから父さんの欲望に気づいたんです。だから二人は、最悪の事態が起こる前に僕を捨てた。分かっているんです、悪いのはコンセプションのフェロモンだ。分かっているけど、僕、僕は」

「ワスレナ！」

全身に広がりかけていた震えが止まった。シメオンの力強い抱擁が、止めてくれた。

「俺が悪かった。お前の訴えを疑うつもりで調査云々と言ったんじゃない」

「分かっています。……制裁を加える必要もないですからね？」

伝わって嬉しいのだが、どうも不要なことを考えている節がある。そういうことでもないのだと、ワスレナは釘《くぎ》を刺した。

「先ほどディンゴ様に言ったように、僕は今でも、父さんと母さんのことを愛しているんです。恨みを晴らそうなんて思っていない。これまでも、これからも、愛しているんですから……」

シメオンが一番だ。そうであるからこそ、他の愛する相手との感情を理解しておいてほしかっただけの話である。吐き出すように語り終え、すっきりしたワスレナとは裏腹にシメオンが放つオーラはほの暗いものを帯び始めていた。

「……ワスレナ」

抱きしめる腕に力がこもる。抱擁というより拘束と表すべき力でワスレナを捕らえたまま、シメオンは低くささやいた。

「俺はお前とは逆に、家族以外の人間に特別な何かを感じたことがなかった。消費すべき愛が、いや、感情自体が余っていると言えるだろう。──それらを全て、お前にぶつけてもいいんだな？　受け止めて、くれるんだな……？」

「……ええ」

彼の感情の海で溺死しそうになったことを忘れたわけではない。それでも臆《おく》することなく、ワスレナは請け合った。

「あなたの愛も憎しみも、誰にも渡さない。全て僕にください」

生まれも育ちも違う二人は、光あふれる地上ではあまりにも違いが際立ちすぎる。いっそ闇に閉ざされた海の底に沈んでしまえば、そこに血筋《ブラッドタイプ》など関係ない、二人だけの楽園を築けるのではないだろうか。

ふ、と共犯者めいた笑みを零したシメオンの唇が近づいてくる。ゆっくりと唇を合わせた後、彼はワスレナを軽々と抱き上げて、何度も肌を重ねてきたベッドにその体を恭しく横たえた。

まだ午前中だ。半分開いたカーテンからは明るい光が差し込み、室内を照らしているが、ベッドの周りにだけ一足早く夜が来たような淫靡《いんび》な空気に包まれ始めていた。

どちらからともなく手を伸ばし、互いの服を脱がせ始める。相変わらずボタンの多いシメオンの服に苦心している間に、ワスレナの上半身を裸に剝いたシメオンは思いきったように尋ねてきた。

「……前々から、聞きたいと思っていたんだが。お前はディンゴと、どんなふうに寝ていたんだ？」

この際、聞きにくいことを洗いざらい質問してしまおうと思ったのだろう。その気持ちは理解できたが、ワスレナはぎくりと身を固くした。

「いや、すまない。あまり、いい思い出ではないのは俺も分かっているんだが……しかし……」

「……気になる？」

「……まあな」

躊躇《ちゅうちょ》しつつも首肯されたため、ワスレナも苦笑しながら記憶を辿った。

「……特にこれといった手順はありません。うなじを噛みやすいように、僕を四つん這いにさせて、背後から抱かれる。それだけです」

あの、セックス以外に使用されない、大嫌いな部屋の中で。時には発情促進剤を飲まされ、ふくれ上がる熱に身を焼かれながら浅ましくディンゴを求めた。うなじに走る痛みに耐えながら、今度こそ奇跡が起きて、自分たちが運命に繋がれることを願っていた。

「それだけか。その……、ちゃんとした前戯は、されなかったのか」

たとえば、というふうに手の平が胸を滑る。わずかに芯《しん》を持ったとがりを転がすように撫でられて、ん、と鼻にかかった声を出しながら首を振った。

「それだけです。発情期は、それだけでも気持ちがいいから大丈夫でした。発情期以外の時は、あの人の気紛れ次第でしたね……まあ、口でさせられることは、よくありましたけど……」

前後も最中も、ディンゴが出し入れに使う穴以外に触れることはほとんどなかった。実験としてのセックスであったため、大事なのは回数をこなすことだったからだ。

下手に快楽を与えられ、都度上り詰めていたら保《も》たなかっただろうが、穴以外に用はないと言わんばかりの態度に心は切り裂かれていた。ディンゴを、愛していたから。

今でも彼を愛していると自覚したことによって、思ったよりも平静な気持ちで応じることができた。自分で聞いておいて沈んでいるシメオンをおかしく思う余裕があるぐらいだ。

「サンスポットにいた時から、ディンゴ様とのセックスだけは嫌いでした。……あなたとも、最初は嫌だった。あ、違います、今も無理をしているわけじゃなくて……！　頭では憎たらしいと思っているのに、最初か、き、気持ち良すぎて、あん！」

乳首を摘《つ》まみ上げられ、くりくりと捏《こ》ねられて会話が途切れてしまう。ワスレナを実験動物扱いしていた時でさえ、シメオンのほうが抱き方は丁寧だった。当初は反応を見るためだったのだろうが、最近はむしろ、しつこさに途中で音を上げてしまうぐらいだ。

これは経験値というより性格とワスレナへの愛情の差だろう。局所的ではあるが絶大なカリスマを誇ったディンゴは、ノーマルであってもセックスの相手に事欠かなかった。シメオンもはっきり聞いたことはないが、今でも辟易《へきえき》するぐらいに相手が寄ってくるのだ。さぞかし華麗な経歴を持っていることだろう。

「お前は、俺がお前以外の人間をどんなふうに抱いてきたか、気にならないのか……？」

不意の質問に面食らったワスレナであるが、なるほど、やけに沈んでいたのはこれも一つの原因か、と納得した。片翼《ベターハーフ》のセックス遍歴だ。気にならないわけではないが、ワスレナはシメオンがどういう男かよく学習している。

「失礼ですけど、あなた、これまで抱いた相手のことをちゃんと覚えています……？」

一瞬考える素振りを見せたシメオンは、ばつが悪そうに黙り込んだままだ。

「……だと思いました。どうせ溜まったものの処理とか、そういう気持ちだったんでしょう？　責めるつもりはありません。インペリアルっていうのは、そういう人たちです。特にあなたは、インペリアルの中でも特異な性質ですし」

過去を詮索《せんさく》しようとは思わない。そんな男のただ一人となれたのだと思えば、腹も立たなかった。

「だから、今までのことは、いいんです。でも、これからは、僕だけにしてくださいね？」

フレドリックの母のように、あるいはシメオンの母のように、物分かりよく振る舞える自信はない。ディンゴや両親への愛着によってやっと自覚した自身の性質は、ひどく強欲なものだった。

「ほ……本当は、とても相手に依存しやすい人間なんです、僕は。捨てられるのが怖くて、いい子を装っているけれど、実は嫉妬深くて、未練がましくて……!!　一度好きになってしまったら、嫌いになることができなくて……!!」

心臓の裏まで見せているような羞恥を感じ、声が震えてしまう。こんなことは両親にもディンゴにも言ったことがない。言ったが最後、何を馬鹿なと鼻で笑われるに違いない相手には言えない。

「だから、本当は、今もとても怖いんです。愛することには慣れている。でも、愛されることには慣れていない。片翼《ベターハーフ》の繋がりだけじゃ足りない。もっと、深く、強く、あなたと繋がっていたい……!!」

品物、思い出、……子供。なんでもいいから、シメオンの愛を誰もに認められる形で見せてほしい。非合法組織に属して長いとはいえ、常識人で優等生然としたワスレナの、自分でも長いこと気づかなかった本音だった。

「それは喜ばしいな」

顔を真っ赤にし、泣きそうになりながら語り終えたワスレナの目尻にシメオンの唇が近づく。あまりこういったことには慣れていないのか、いささか不器用なキスではあったが、にじみかけた涙を拭うには十分だった。

「俺も、前にお前が指摘したように、ことお前に対しては自分でも驚くほど感受性が豊かになってしまう。だからいっそ、依存してほしい。俺なしでは生きられないようになってほしい……」

隠し立てのない執着に緑の瞳が燃えている。出会った当初の、なんの迷いもなく研究一筋に生きる男はもういない。ただ一つの愛を知った黄金の星は流れ堕《お》ち、今や望んで地獄の底にいるのだ。

「もう、とっくにそうなっています」

痺れるような背徳感に酔いながら、ワスレナは濡れた声で誓った。

「これから一生、あなただけ」

呪《のろ》いのような愛の言葉を聞いたシメオンが唇にむしゃぶりついてくる。大きな体に押し潰されそうになりながら、その圧迫にさえワスレナは酔った。

「ワスレナ。俺の、ワスレナ」

乳首に、首筋に、興奮した歯が食い込む。少し血がにじむほどの痛みさえ今は愛《いと》おしい。もっともっと、自分をほしがって、みっともない様を見せてほしかった。

「ああ、くそ……！　あいつのつけた名前が、お前にぴったりなのが心底腹が立つ‼」

忙《せわ》しない愛撫《あいぶ》を施すかたわら、不意にシメオンが吐き捨てた。

「兄貴たちが羨ましい。俺も、お前の初めての男になりたかった」

きれいな海も、色鮮やかな鳥も、俺が最初にお前に見せたいと彼は言った。それぐらいしないと、勝てない、とも。

「お前を拾いたかった。お前を名づけたかった。お前の神に、なりたかった‼」

どんな形であっても自分たちは出会ったはずだ、とディンゴに宣言したシメオン。その自信はあれど、可能なら彼の座をも手に入れたかったと、苦しそうに告白する。

「ダードリー兄弟は時期を見て処刑する。ハルバートとやらは今回の襲撃に参加していなかったようだが、絶対に捕まえる。俺より先にお前を抱いた連中には、全員一刻も早く死んでもらう‼」

強い怒りと悲しみが伝わってくる。さすがに謝罪して慰めようかと思った。今までならそうしていた。

だが、一つの事件が終わり、醜い執着さえ見せ合った後だ。心に刺さっている最後の棘を抜くなら今だと思った。

「……僕だって、エリン義姉様やカイ義兄さんが羨ましいです」

当たり前のようにジョシュアらに守られていたエリン。インペリアルさながらの能力で自衛していたカイ。彼等のようになりたかった。

「僕だって、初めてはあなたがよかった。もっと早く、あなたに会いたかった……！」

感極まってしがみつけば、嚙みつくような口づけで応じてくれる。性急なしぐさで下肢も剝かれ、奥へと指を差し込まれた。快感を与えるためというより挿入の準備としてローションを塗り込められても、文句など出ようはずがない。

ディンゴとのセックスとは違う。愛のない半身誓約実験のためとは違う。一刻も早く一つになりたい、その想いは二人とも同じだと分かっているからだ。

「はぁ……ンッ!!」

ずぷん、と一息に根元までねじ込まれて呼吸が止まる。だがシメオンは容赦なく腰を動かし、絶え間なく奥を突いてワスレナを悶絶《もんぜつ》させた。それでもワスレナは、決してやめてとは言わず、積極的にたくましい腰に足を絡めて催促さえした。

「来て、もっと来て、僕の中に、あなたをください、全部、全部……!!」

「ああ、何もかも、くれてやる……!!」

はーっはーっと荒い息を吐いたシメオンに、骨も砕けよとばかりに抱き寄せられる。理性もプライドもかなぐり捨て、ただ片翼《ベターハーフ》を求める獣に成り下がった男の滝のような汗に覆われた背に爪《つめ》を立てて、ワスレナも絶頂を迎えた。

「は、ぅ……」

子宮が壊れてしまいそうなほどに注がれる熱量に目眩がしそうな幸福を覚える。彼と一夜を過ごした相手が星の数ほどいたとしても、こんなに強く求められたのはきっと自分だけだ。これから先も、ずっと。

「……ワスレナ」

「ん、はい、僕のシメオン博士……」

甘い呼びかけに、それ以上に甘ったるい声で応じる。恥ずかしい告白をし合った後だ、何も遠慮することはない。ジョシュアとエリンを見習って、徹底的に熱いムードを満喫しようと決意したワスレナの中でシメオンの一物がゆっくりと蠢《うごめ》いた。ぐちゃり、と濡れた音が響く。

引き抜くための動きではない。あれだけの精を吐き出したばかりとは思えないほどの硬度も失われていない。

「え……あ、ちょ、ちょっと」

「なんだ。全て、受け止めてくれるんだろう?」

ワスレナの腰を掴み直しながらの一言に焦ってしまう。今の時点で温い気怠《けだる》さが全身を浸しているのに、これ以上シメオンの本気を見せつけられたらどうなることか。

「いや……その、……そうでした」

逡巡《しゅんじゅん》も束《つか》の間、ワスレナは腹を括《くく》った。無意識に引いていた体を自分から彼にすり寄せ、その耳元にささやく。

「来て、ください。……めちゃくちゃに、して」

後処理はあれこれと残っているはずだが、フレドリックの一件に対する詫《わ》びなのだろう。ワスレナはしばらく休みをもらっている。当分立ち上がれないどころか、誰にも見せられないような体にされても差し支えはない。

ぐ、とシメオンが奥歯を噛み締めた。誘惑に乗ってくれたのだと分かり、期待と少しばかりの恐怖にどきどきと胸が高鳴り始める。

しかし意外にも、シメオンはワスレナの右手を取った。手淫《しゅいん》でも求められるのかと思えば、持ち上げられた手は彼の口元に運ばれる。柔らかい感触が生じた。

「ッ、博士……っ……!?」

指先にそっと落とされた口づけに驚いてワスレナの肩が跳ねた。その指先に唇を当てたまま、シメオンは言った。

「ディンゴはお前に、ちゃんとした前戯をしなかったのだろう」

そうと聞いた上で、自分も結局は駆け足で行為に及んだことを気にしているようだった。

「それは……そうですけど、でも、いいんですよ。あなたが僕を、あ……愛してくれていることは分かっているし、だからつい、手順を飛ばしてしまうのだと理解していますから……」

もじもじと腰を揺らめかせながら、ワスレナはしどろもどろに答えた。まだ下肢にシメオンを含んだままなのだ。恥ずかしがるところが違う、と自分でも思うのだが、こんな……貴人にするような扱いはされたことがない。嬉しさと身の置き所のなさが混じり合い、頬が熱い。

「なるほど。やはり、これはされたことがないのか」

つぶやいたシメオンの声はやけに満足そうだった。

「俺は、言葉で心を表現するのは苦手だ。なぜか分からんが、相手を怒らせることが多いしな」

「……そのようですね」

自覚があるのは結構だが、指先にキスしたままでしゃべらないでくれないだろうか。そわそわとシーツの上で踊る爪先を観察しながら、シメオンは説明を続けた。

「癪《しゃく》に障るが、実はこの間、セブラン兄貴から俺に合った方法を伝授された。……愛している」

じん、と痺れが広がる。

「一番伝えたい気持ちを、短く言えとのことだ。愛している」

「ちょ、ちょっと……！」

エリンの帽子をすばやくキャッチしたカイのナイトぶりを思い出す。彼の愛を浴び、弟のこともよく理解しているセブランの教えであればと理性は納得したが、感性は大混乱に陥っていた。

「嬉しくないか？」

不思議そうなシメオンの気持ちが伝わってくる。ワスレナ自身があまりにも複雑な感情の坩堝《るつぼ》に突き落とされた状態なので、彼にも正確に読み取れないようだ。

「こちらは悦《よろこ》んでくれているようだが……」

きゅうきゅうとシメオンを食い締めている部分を見ての一言は、余計なことまでしゃべってしまう毎度のシメオン節である。思わず笑ってしまったワスレナの目の端から、つーっと一筋、涙が伝い落ちた。

「！　すまない、泣かせる気はなかった。もう」

「いえ、いいんです。……言ってください。もっと、もっと。僕を、愛してるって」

謝罪を遮り、口づけされている指を自ら滑らせ、彼の頬を手の平で包み込んだ。男らしく整った、インペリアルの中でも群を抜いた美貌がまっすぐにこちらを見つめてくる。それに臆することなく、かといって睨みつけるでもなく、愛情を込めて見つめ返した。

彼は両親ともディンゴとも違う。ワスレナのただ一人、片翼《ベターハーフ》なのだ。愛されるという見知らぬ感覚に怯え、一方的に愛するだけの住み慣れた暗がりへ逃げ込んではいけない。愛される喜びを素直に享受すること。自分は愛されるに足る存在だと、信じること。

シメオンが初めて教えてくれたことを素直に受け入れ、返していきたい。

「僕も、僕を愛します」

勿忘草《わすれなぐさ》の色をした瞳を穏やかに潤ませ、宣言する。シメオンに向かって、ダウンタウンの路地裏で温い雨に打たれていた少年時代の自分に向かって。

「あなたが愛してくれるなら、僕も僕自身を、やっと愛せます」

体がふわりと浮き上がりそうなほどの感動がワスレナを包んでいた。片翼《ベターハーフ》以前の、人が生まれながらにして天から与えられているはずの翼を、ようやく取り戻せた気がした。

「愛してる、愛してるシメオン、あなたに会えてよかった……!!」

感極まった勢いをそのままに抱きつき、たくましい腰に足を絡める。シンプルな誘惑にシメオンも破顔した。

「ああ、俺もだ……!!」

抱き寄せられ、膝の上に抱え上げられた。入ってはいけないような奥まで彼を迎え入れ、全体重を預けた状態でぎしぎしと激しく揺さぶられる。不安定な体勢だが、心までしっかりと支えられた安心感が途轍《とてつ》もない開放感と快楽を生んでいた。

「あっ、ああ、いい、気持ちいい、好き、好き……!!」

最奥を穿たれるだけでなく、くっきりと割れた腹筋に性器を擦《こす》り上げられて急速に上り詰めていく。めちゃくちゃにして、と誘ったのはワスレナだ。期待は裏切られることなく、この調子では明日いっぱいはベッドの住人になるに違いないが、本当に大切なところは産毛に包むような優しさで守ってくれると分かっている。だからこそ、全てをさらけ出して乱れられる。

「ン、キス、したい……ん、うっ」

言い終わらないうちに、後頭部を強く抱かれて口の中に舌をねじ込まれた。シメオンもワスレナが秘めていた激情を飲み干してくれると分かっているからだろう。ワスレナを抱き締めて甘やかしながら、俺も同じだけ愛してくれとばかりに貪欲に求めてくる。

ソープ・オペラで散々擦《す》り込まれたほど、片翼《ベターハーフ》は絶対的な安心を与えてくれる関係ではなかった。それでもいい、と今なら思える。

肉体だけなら他の人間と散々重ねてきた二人だ。過去の遍歴をいちいち詮索してもキリがない。出会えたこと、互いが最後の相手であること。それだけ分かっていればいい。

「は、ァ……、アァ！」

「く……、ぅ」

どぷっと生々しい音が腹の奥で木霊した気がした。さっきあれだけ精を吐き出したばかりとは思えないほどの量が、噴き上げるようにして子宮へ注がれていく。

子供という形で実るがどうかは不明だが、二人を溶接するかのようにみっちりと満たした熱がただ嬉しい。

「……大丈夫か、ワスレナ」

「ん、はい……さすがにちょっと、疲れましたけど……」

「俺もだ……少し、横になろう」

シメオンの膝から下ろされ、並んでベッドに寝転がる。体力に定評のあるシメオンも少々眠そうだが、横たわったままで額や唇にキスしては、汗ばんだ髪を撫でたり腰を擦ってくれたりと甲斐甲斐しい。

ディンゴとのセックスでは、後戯もなかったと言ったことを気にしているのだろう。実験失敗に苛立ち、殴られないだけいいんだけどな、と思いながら、ワスレナは彼の耳元にささやいた。

「……あと、これは、あまり言わないほうがいいかとは思うんですけど」

不穏な響きに反応し、シメオンがぴくりと目尻を引きつらせる。あやすように黒髪をかき回しながらワスレナは告げた。

「ディンゴ様とシメオン博士って、割と共通点があるんですよね。実験好きなところとか、ナチュラルに偉そうでマイペースなところとか……」

声もなく目を見張ったシメオンの頭が、今度こそ完全に力を失ってワスレナにもたれかかってくる。思ったよりもショックを受けているようだ。その頭をよしよしと撫でながら、ワスレナは弁解した。

「つまりあなたは、最高に僕の好みだっていうことですよ。僕、どうやら男の趣味が悪いみたいです」

「……やはりあいつは、さっさと処刑すべきだったな」

ふくれっ面で愚痴る顔が少し幼く見えて、危うく「シメオンぼうや」と呼びかけそうになったが、報復が怖かったので我慢した。


エルドラドから帰ってきて半月が経過した。破壊されたディンゴの独房は無事に修復され、旧サンスポットの残党が一掃されたことによってSTHの拡散も防ぐことができた。

薬自体は闇マーケットへ流れてしまったことにより、いずれ改造を重ねて再び広がり始めるかもしれないが、当面の危機は去ったと見ていいだろう。特にダードリー兄弟を含め、主要メンバーがほぼ捕まったことにより、パーフェクトプライマルに続いてサンスポットも完全に影響力を失った。

「タイムレスウイングの信用も回復したしね。ひとまずはお疲れ様、みんな。それでは、乾杯！」

　ここはスターゲイザー最上層にある、ごく私的な集まりに使われるパーティルームである。ＳＴＨ騒動が収束したことを労《ねぎら》う慰労会が開かれているのだ。音頭を取ったジョシュアを含め、今回の騒動に関《かか》わった面々は警備の担当者から情報解析のプロフェッショナルまで、ホームパーティのような気軽な服装で参加している。

　以前参加したような、社会的地位の高いインペリアルばかりのパーティとは違って砕けた雰囲気ではあるが、ゴールデン・ルールが秘密裏に行う調査に加われるような人間は大抵がインペリアルである。中にはサンスポット時代、要注意人物として顔と名前を教えられていた人物もおり、ワスレナも最初は緊張気味だった。

「ねえ、ワスレナ、フレディを知らない？」

　ステファニーにそう聞かれた時はもっとも緊張した。

「あいつは」

「博士はちょっと黙っていてください」

　眉間にしわを寄せ、ストレートに答えようとしたシメオンをすかさず止めたまではいいが、ではどう答えるべきか。迷っていたところ、セブランつきの警護隊長を務めるクールな女性インペリアルが「フレドリック様は気紛れな方ですからね。前の職場に用事がおありとかで、行ってしまわれました」と助け船を出してくれた。

「そうかぁ、フレディはパパと一緒で気紛れだもんね～」

幸いにステファニーはそれで納得してくれた。やり取りを見かけたセブランとカイが申し訳なさそうに近寄ってくる。

「悪いな、ワスレナ。ステフのやつ、フレディに懐いてたから……」

「子供に好かれそうな、というか、本人が子供みたいな性格でしたからね」

普段あまり一緒にいられない父親と雰囲気が近いところも、その一端だろう。フレドリックのやらかしを思うと、今は口に出せないワスレナであった。

「それはそうとな、ワスレナ。実は、お前に報告しておきたいことがあるんだ」

突然カイが改まった口調になった。ワスレナが条件反射で姿勢を正すと、セブランがフレドリックの話題でかすかに場に漂う憂いを吹き飛ばす勢いで叫んだ。

「じゃーん、発表します！　カイちゃんに、二人目がデキちゃいましたー!!」

「声がデケェんだよお前は!!」

会場中に響き渡るような大声に、カイが少し顔を赤くして文句をつけた。たちまち巻き起こった拍手にはさすが名バーテンダーとして鳴らしてきただけあって、明るい笑顔を振りまいて応じたが、セブランに注意するのは忘れない。

「まずはごく身内だけに教えるって言っただろ⁉　ゴールデン・ルールお抱えの医者の見立てでも、デキてると分かったばかりなんだ。あんまり考えたくねーが、妊娠初期は流産の可能性だって高いんだからな。それこそゴールデン・ルールお抱えの医者がいりゃ、大丈夫だとは思うが……」

「だからこそ、おおっぴらにするんだろー？　そーゆーわけだから、みんないつにも増してカイちゃんに気を遣うように‼　ただし、メディアへの情報開示は俺がオッケー出してからな‼」

セブランの命令に、会場中の人間が一斉に「はい！」と力強くうなずく。ジョシュアがすかさず「新たな命に」と乾杯の音頭を取り、気を利かせたウェイターが酒を注ぎに走り回り始めた。

セブランの脅しが功を奏したらしく、乾杯が終わっても誰もカイに抱きついて祝福したりはしない。代わりにセブランがフリーハグ状態で喜びを分かち合っている。その様を横目に、カイはささやいてきた。

「悪いな、ワスレナ」

「……まったくですよ」

わざとにワスレナはすねてみせる。シメオンと本音を吐露し合った結果、それだけの余裕が生じていた。

「今度こそ、僕のほうが子供を授かろうと思っていたのに。まあ、いいですけどね。カイさんたちより盛大な式にしてもら……、あ、いいです、博士、冗談ですから‼」

ウェアラブル端末よりいずこかへ連絡を取ろうとしたシメオンを、ワスレナは間一髪で止めることに成功した。と思ったら、「直接話したほうが早い」と言って、ゴールデン・ルールの行う式典の責任者のところへ行ってしまった。今日は関係者だらけのパーティであることを思い出しても、後の祭りである。

「いいじゃないか。せいぜい豪華な式にしてもらえよ。お前もシメオンも、普段は清貧もいいところの暮らしぶりなんだからな」

片翼《ベターハーフ》同士の甘い語らいを除けば、シメオンとワスレナはいまだに博士とその助手である。家も宝石も買ってもらったことはなく、どちらかといえば今は血筋《ブラッドタイプ》研究にまつわる資料がほしい。だが、確かに式ぐらいは豪勢であればあるほどいいのかもしれない。

「……そうですね。僕を散々やきもきさせてくれた分、分かりやすく愛を形にしてくれないと」

「おう、その意気だぜ、ワスレナ」

頼もしそうにエールを送ってくれたカイがそっと小さく耳打ちしてきた。

「妊娠しやすい体質も良し悪しだよな。……よかったよ、セブランに会うまで貞操を守ってこられて」

言われて愕然とする。インペリアルよりインペリアルらしい、ランクの高い男として認識されがちなカイであるが、れっきとしたコンセプション。ソープ・オペラの中でもよくインペリアルたちに狙われていた。「孕む血筋」にありがちな悲劇が彼を襲っていれば、望まれぬ子を授かっていた可能性も高いわけだ。

「……なんでもいいことばかりじゃないですね。とはいえ、やっぱりセブラン様との相性が良いからだとは思いますけど」

「まあな。でも、セブランには内緒だぜ。ちょっと褒めると、すーぐつけ上がるんだ」

そこへエリンがカイを祝福するためにやって来た。心からの笑みを浮かべ、予定日などの話を始めた二人を微笑ましく眺めていると、シメオンが戻ってきてワスレナの側に並んだ。

「カイさん、おめでたいですね」

「ああ、まあな」

「僕らにはまだ、先の話かもしれませんけど……あんまり僕が妊娠しやすかったら、ディンゴ様の子供ができていた可能性がありますものね。それなら、わっ！」

最後まで言えなかった。痛いほどの力でぎゅっと手を握られ、息を呑む。

「……お前が、俺以外の男に抱かれていたことを思い出させるな」

「……ごめんなさい」

今のは冗談の域を超えていた。素直に謝るワスレナの手を握ったまま、彼は耳打ちしてきた。

「どうした？　何に怯《おび》えている」

刹那、取り繕う言葉を探したワスレナであるが、下手な隠し事をすればするほど混乱を招くだけだと今回の件で散々思い知ったのだ。これも素直に明かすことにした。

「それは、怖いですよ。あなたの愛は、もう疑っていない。ですが、そのことを世界中の人に知らせるのは……」

あれがシメオンの選んだ相手かと、剝き出しの好奇心にさらされるのだ。口さがない噂《うわさ》は避けられないだろう。──両親の耳にも、入るかもしれない。

「怖いのは、俺も同じだ。式の準備は進めているが、本当は無闇にお前との仲をアピールすべきではないかとも考えている」

応じるシメオンの声からも、いつものマイペースな自信が欠けていた。思わぬ本音に一瞬冷たいものを覚えたワスレナだったが、沈痛な告白はまだ続いている。

「お前がどんなに優しく気がついて勇ましく可愛いか、他のやつらに気づかれたくない。またフレドリックのようなやつが現れては困る。ディンゴのやつだって、本当はさっさと処刑してしまいたい。できればカイとも、あまり仲良くしてほしくない……」

「……大丈夫ですよ。僕もそうそう、喉笛を踏み砕くような真似はしませんから……」

他の二人はとにかく、新たな子供を授かったと発表したばかりのカイとのことをいまだに引きずっているのかとワスレナは苦笑いした。愛されることに慣れすぎて、愛することに慣れないインペリアルならではの悩みというところか。本人としては笑い事ではないのだろうが、暗い空気がかなり減じたのは確かだった。

「……でも、まあ、僕らの仲を正式に発表した後が怖いっていうのには同意します」

「そうだな、ワスレナ」

シリアスな顔をしたカイが絶妙なタイミングで話に入ってきた。と思ったら、出し抜けにパチンときれいなウインクを飛ばし、

「お前やシメオンの過去を勝手に捏造《ねつぞう》したソープ・オペラがばんばん出回るぞ。覚悟しておけよ」

「私たちの可愛い義弟にふさわしい、いい俳優さんを当ててもらえるといいわねえ」

エリンまで調子を合わせてくる。一瞬呆気に取られたものの、先達たちの頼もしさを感じたワスレナの唇に安堵の笑みが広がった。

「……この先シメオン博士が何かやらかしたとしても、エリン義姉さんやカイ義兄さんを頼れると思うと、心強いですよ」

「私はそんなヘマはしない」

仏頂面で断言するシメオンをよそに、カイとエリンが左右から手を握ってくれる。面白

そうな気配を察したか、セブランにジョシュア、ステファニーまで集まってきた。会場内に集った関係者たちも、温かな表情でこちらを見守ってくれている。

全員が注目する中、シメオンは咳払《せきばら》いしてつけ足した。

「……それとだ、ワスレナ。子供を産んでほしいと言ったのも、ほしいと思っているのも事実だが、私とお前が一番に愛し合っていることが前提だ。お前の気持ちを傷つけてまでほしいわけじゃないからな」

一瞬の間を置いて、カイが二人目の子を授かったニュースに負けず劣らずの拍手が巻き起こる。エリンとカイに笑って肩を押されたワスレナは、黙って片翼《ベターハーフ》の厚い胸板に飛び込んだ。

どれだけ盛大に発表をしようが、全世界の人々に、ディンゴに、両親に認めてもらうのは難しいかもしれない。……早く子供をと、せっつかれる可能性も高い。

だが今のワスレナには、こうして力づけてくれる家族と最愛の片翼《ベターハーフ》がいるのだ。今はただ、その幸せを目一杯享受しようと思った。

あとがき

こんにちは、雨宮四季《あまみやしき》と申します。「黄金」「真名」に引き続き、オメガバースベースのお話第三弾「楽園のつがい」のお届けができまして嬉しい限りです。

「黄金」のあと、正式にシメオンの片翼《ベターハーフ》として暮らし始めたはいいけれど、ソープ・オペラのようにハッピーエンドとはいかないワスレナの苦悩とシメオンのモヤモヤをベースに、いろんなカップルのお話が書けて楽しかったです。

新キャラのフレドリックもですが、ルミナリエ兄弟の片割れというのは大変だな、と改めて感じたお話でした。片割れになれないつらさもありますがね、ディンゴ……。

今作もイラストの逆月酒乱《さかづきしゅらん》様に大変お世話になりました。巻を重ねるにつれて増えていく登場人物それぞれを、美しく繊細に妖しく描き分けてくださる手腕に頭が下がります。フレドリックのひーん顔が可愛くて大好きです（笑）

それでは、また次の作品でお会いできれば幸いです。

雨宮四季

ラルーナ文庫

この本を読んでのご意見・ご感想・ファンレターなど
お待ちしております。〒111-0036 東京都台東区松
が谷1-4-6-303 株式会社シーラボ「ラルーナ
文庫編集部」気付でお送りください。

※本作品は書き下ろしです。

楽《らく》園《えん》のつがい

2018年12月7日 第1刷発行

著　　　者｜雨宮《あまみや》 四季《しき》
装丁・DTP｜萩原 七唱
発　行　人｜曺 仁警
発　行　所｜株式会社 シーラボ
〒111-0036 東京都台東区松が谷1-4-6-303
電話 03-5830-3474／FAX 03-5830-3574
http://lalunabunko.com
発　　　売｜株式会社 三交社
〒110-0016 東京都台東区台東4-20-9 大仙柴田ビル2階
電話 03-5826-4424／FAX 03-5826-4425
印刷・製本｜中央精版印刷株式会社

 ISBN978-4-8155-3201-7